My Hero

U E S T
Academia

MY HERO ACADEMIA

나의 히어로 아카데미아

유에이 백서

III

기숙사 생활 24시

Kohei Horikoshi Anri Yoshi

유에이 고교 학생명단

히어로과 : 1학년 A반

이이다 텐야
생일 : 8월 22일
개성 : 엔진

토도로키 쇼토
생일 : 1월 11일
개성 : 반랭반열

바쿠고 카츠키
생일 : 4월 20일
개성 : 폭파

미도리야 이즈쿠
생일 : 7월 15일
개성 : 원 포 올

야오요로즈 모모
생일 : 9월 23일
개성 : 창조

우라라카 오챠코
생일 : 12월 27일
개성 : 제로 그래비티

미네타 미노루
생일 : 10월 8일
개성 : 뚝뚝

토코야미 후미카게
생일 : 10월 30일
개성 : 다크 섀도

오지로 마시라오
생일 : 5월 28일
개성 : 꼬리

아시도 미나
생일 : 7월 30일
개성 : 산(酸)

아오야마 유가
생일 : 5월 30일
개성 : 네빌 레이저

아스이 츠유
생일 : 2월 12일
개성 : 개구리

사토 리키도
생일 : 6월 19일
개성 : 슈가 도프

코다 코지
생일 : 2월 1일
개성 : 생물 조종

키리시마 에이지로
생일 : 10월 16일
개성 : 경화(硬化)

카미나리 덴키
생일 : 6월 29일
개성 : 대전(帶電)

CHARACTER

하가쿠레 토오루

생일 : 6월 16일
개성 : 투명화

세로 한타

생일 : 7월 28일
개성 : 테이프

지로 쿄카

생일 : 8월 1일
개성 : 이어폰 잭

쇼지 메조

생일 : 2월 15일
개성 : 복제팔

히어로과 : 1학년 B반

츠노토리 포니

생일 : 4월 21일
개성 : 혼포

테츠테츠 테츠테츠

생일 : 10월 16일
개성 : 스틸

모노마 네이토

생일 : 5월 13일
개성 : 카피

켄도 이츠카

생일 : 9월 9일
개성 : 큰 주먹

히어로과 : 교직원

시멘터스

생일 : 3월 22일
개성 : 시멘트

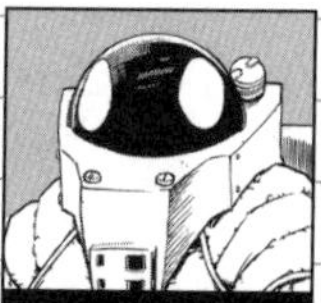

13호

생일 : 2월 3일
개성 : 블랙홀

아이자와 쇼타

생일 : 11월 8일
개성 : 말소

올마이트

생일 : 6월 10일
개성 : 원 포 올

블라드 킹

생일 : 11월 10일
개성 : 조혈(操血)

프레젠트 마이크

생일 : 7월 7일
개성 : 보이스

엑토플라즘

생일 : 3월 23일
개성 : 분신

미드나이트

생일 : 3월 9일
개성 : 수면향

MY HERO ACADEMIA
나의 히어로 아카데미아
유에이 백서
III

기숙사 생활 24시

CONTENTS

Part. 1

건배

올마이트가 아이자와 쇼타를 따라간 곳은 유에이 고교 근처의 외진 뒷골목에 있는 선술집이었다.
밖에 내걸려 있는 오래된 포렴에 적혀있는 가게 이름은 '세원숭이'. 전직 유에이 고교 경영과 선생이 오픈한 가게로, 홍등이 잘 어울리는 미닫이문을 열고 들어간 가게 안은 The 변두리 선술집 그 자체였다. 대여섯 명 앉으면 꽉 차는 카운터에 테이블 자리 몇 개. 그 옆에는 아늑한 다다미방이 있었다.
개점 직후라 그런지 손님은 아직 아무도 없었다. 생글거리지만 괜한 말참견은 안 하게 생긴 가게 주인의 권유로, 두 사람은 토코노마[일본식 방 상석에 바닥을 높게 만들어 놓은 곳. 주로 족자나 꽃병을 장식함]에 달마 오뚝이 등이 장식되어 있는 다다미방으로 들어가 서로 마주보듯이 앉았다.
주문을 하자 기본 찬들과 함께 곧바로 음료수가 나왔다. 젓가락 받침은 뼈 모양이었다.
아이자와는 맥주, 술을 못 하는 올마이트는 무알코올 맥주를 서로에게 따라주었다.
"자, 건배할까?"

"…뭐에 대해서요?"

아이자와의 질문에, 오른손은 깁스로 고정되어있어 왼손으로 맥주잔을 든 채, 올마이트는 잠시 생각한 뒤 입을 열었다.

"우선은 무사히 가정방문이 끝난 것에 대해서?"

임시 면허 취득을 대비한 임간합숙에서 빌런 연합의 습격을 받고, 바쿠고 카츠키가 납치당한 일은 아직도 기억이 새록새록하다.

습격이 있고 나서 며칠 후, 빌런 연합을 소탕하기 위해 히어로와 경찰들이 총력을 집결시켜 구출, 소탕 작전에 나섰다. 그 와중에 이 모든 것의 원흉인 올 포 원과의 결전에서 올마이트는 사력을 다해 올 포 원을 쓰러뜨렸다. 올마이트의 '개성'인 원 포 올은 올 포 원을 쓰러뜨리기 위해 대대로 물려 내려온 힘. 그것을 후계자로 선택한 미도리야 이즈쿠에게 넘기고, 남은 불씨와 같은 그 힘을 모조리 소진해 더 이상 싸울 수 없는 몸이 되어버린 올마이트는, 사실상 히어로 은퇴를 표명했다.

원흉은 쓰러뜨렸으나, 그의 후계자인 시가라키 토무라와 빌런 연합은 경찰의 손아귀에서 벗어났다. 올마이트는 싸움 도

중, 올 포 원이 스승의 혈연이라고 밝힌 시가라키의 행방이 염려되었으나, 지금은 자신이 꼭 하지 않으면 안 되는 일—이즈쿠를 평화의 상징이 될 만한 히어로로 키우는 것—에 전념하기로 결심했다.

유에이 고교의 전체 방침도 마찬가지라, 앞으로는 학생들을 더욱 견고하게 지키고 키워나가야 된다며 전원 기숙사제 도입을 결정했다. 물론 그뿐만이 아니라 예전부터 우려해온 내통자를 색출해내겠다는 목적도 있지만.

오늘은 전원 기숙사제로 만들기 위해 학부형들에게 설명하고 허가를 얻고자, 두 사람은 가정방문을 나섰다. 그 중간에, 서로에게 '한잔 쏘겠다'라는 구두약속을 했기 때문에 학교 보고를 마치고 인근 선술집을 찾아온 것이다.

"그럼 건배!"

"수고하셨습니다."

서로 잔을 마주치고 차가운 맥주로 목구멍을 적셨다. 여름, 목구멍을 츄와아악 할퀴며 지나가는 그 느낌은 어느 무엇과도 바꿀 수가 없었다.

특히 오늘은 교육자로서 각오를 새로이 다진 중요한 날. 이런 날만은 술을 조금이라도 마실 수 있다면 참 좋았을 텐데, 라고 생각하면서, 올마이트는 맥주잔을 내려놓다가 흠칫하고 놀랐다. 아이자와가 여전히 벌컥벌컥 맥주를 들이키고 있었기 때문이다. 겨우 만족한 듯 "푸우"하고 한숨을 내쉬며 내려놓은 맥주잔은 이미 텅 비어있었다.

"아이자와, 호탕하게도 마시는군. 술 좋아해?"

"아뇨, 보통입니다."

올마이트가 맥주를 따라주려고 하자 "귀찮으니, 여기서부턴 자작하죠"라며 아이자와는 제 손으로 맥주를 따랐다.

그런 아이자와를 바라보면서 올마이트는 불현듯 깨달았다. 이렇게 아이자와와 둘이서 행동해보기는 처음이라고. 그리고 이것은 좋은 기회가 아닐까, 라는 생각에 도달했다.

애당초 성격적으로는 잘 맞지 않는다. 합리성이 모토인 아이자와와, 평화의 상징으로서 서비스 정신이 넘쳐나는 올마이트는 근본적인 사고방식부터가 다르기 때문이다.

그러나 담임과 부담임. 아무리 성격이 안 맞아도 의사소통, 커뮤니케이션은 필요한 법이다. 게다가 사이가 안 좋은 것보다는 좋은 편이 당연히 낫지 않겠는가? 술은 사람의 이성을 말랑하게 만들어 마음의 벽을 허물어줄지도 모른다.

'—그래, 오늘은 아이자와와 친해져야지!'

주먹을 불끈 쥐고 단단히 벼르는 올마이트. 친해질 수 있을 만한 화제를 찾아 말을 걸어본다.

"이 가게는 자주 오나?"

"가끔이요."

"그렇구나. 뭔가 추천할 만한 건 있고?"

"아—…, 안주는 별로 안 먹어서. 뭔가 시킬까요?"

"아, 나도 그렇게 많이 먹진 않으니까 괜찮아."

이러쿵저러쿵 하는 사이에 아이자와는 벌써 한 병을 다 비웠다. 새 맥주가 오자, 아이자와는 그것을 또 다시 벌컥벌컥 들이마셨다.

"역시 술 좋아하는 것—."

"보통입니다."

'…어라? 어째 평소랑 전혀 다를 게 없네.'

올마이트는 웃는 낯으로 내심, 이상하다? 라며 고개를 갸웃거렸다. 알코올을 섭취했는데도 아이자와는 평소와 다른 점이 아무것도 없었다. 너무나도 담담하게 마셔서 일순 무알코올이 잘못 나온 것 아닌가, 라고 의심스러울 정도였다.

"정말로 맥주 맞지?"

일단 병의 라벨을 확인하는 올마이트에게 "뭐 하시는 거예요"라며 아이자와가 핀잔을 주었다.

"…아이자와는 가끔 술에 취하기도 하나?"

"…취해본 기억은 없어요."

아이자와는 약간 뜸을 들이다가 그렇게 대답했다.

역시 세구나. 올마이트는 아이자와가 취한 순간이 분명 친해질 수 있는 찬스다, 라고 짐작하고 "쭉쭉 마셔!"라며 술을 권했다. 아이자와의 맥주잔은 쭉쭉 비워졌다.

그런데.

"아이자와는 쉬는 날 뭐 해?"

"잡니다."

"좋아하는 TV 프로그램은?!"

"딱히 없는데요."

"안구 건조증에는 스팀 타월이 좋대!"

"압니다."

올마이트는 어색하게 굳은 표정으로 웃으며 왜 이러지? 라고 생각했다.

아이자와의 태도는 평소와 전혀 다름이 없었다. 그러나 평소에 있는 곳은 학교다. 누군가는 꼭 주위에 있고, 무슨 일로든 꼭 말을 걸어왔다. 하지만 지금은 선술집이고, 가게 사장은 과묵하다. 자동차도 다니지 않는 뒷골목 가게 안은 올마이트와 아이자와의 목소리가 멈춰버리면 무서울 정도로 고요했다.

"……."

"……."

어색하다.

아이자와가 취한 기색은 아직 보이지 않는다. 아니, 아예 안 취할지도 모른다.

어쩌면 아이자와는 가정방문 도중 얼결에 구두약속을 해버린 것을 후회하고 있을지도 모른다. 혹시 대화에 탄력이 붙지 않아 술만 벌컥벌컥 마시고 있는 건가….

'오우, 지저스…!'

올마이트는 빌런을 상대로는 결코 굴하는 법이 없지만, 너무도 어색한 이 상황에 좌절할 것만 같았다. 역시 갑자기 친해지는 것은 허들이 너무 높았던 걸까? 애당초 성격이 잘 안 맞는다고 생각하고 있기는 분명 피장파장일 것이다.

그런데 그 순간, 올마이트의 뇌리에 되살아난 목소리가 있었다.

—난 꼭 히어로가…될 거니까!

유에이 고교에 못 다니게 반대하는 어머니에게, 자신의 동경심을 억누르며 꼭 유에이가 아니어도 좋다고, 히어로가 되겠다고 선언한 미도리야 소년.

'나도 노력해야 해…!'

어느 덧, 꿈을 향해 힘차게 걷기 시작한 소년에게 버팀목이 되어주기로 결심한 것이다. 어색함에 좌절감이나 느끼고 있을 때가 아니다. 게다가 술 마시러 가자는 약속이 정해진 순간부터 꼭 물어봐야지, 라고 생각한 것이 있었다. 사이가 좋아진다면 더 바랄 것이 없겠지만, 그보다도 지금의 내게 꼭 필요한 것.

올마이트는 마음을 다잡은 듯이 헛기침을 한 뒤, 다시 한 번 아이자와에게 말을 걸었다.

"아이자와에게 물어보고 싶은 게 있는데, 물어도 될까?"

"뭡니까, 새삼스럽게?"

"저기…교사로서의 마음가짐이나 교육 요령 같은 걸 가르쳐 줬으면 좋겠어."

아이자와는 눈살을 찌푸리며 기묘한 듯 바라보았다. 올마이트는 약간 부끄러운 듯이 계속 말했다.

"난 교육자로선 아직 초심자니까."

역시 전문적인 것은 전문가에게 물어보는 것이 제일. 아이자와는 무뚝뚝하기는 해도 학생들 간의 신뢰는 두텁다. 감수성 예민한 소년소녀들을 통솔하고 지도하는 그의 수완은 꼭 본받고 싶었다. 그리고 이런 일적인 대화를 통해 담임과 부담임으로서 조금은 허물없는 사이가 될 수 있을지도 모른다.

그야말로 일석이조. 올마이트는 기대하며 기다리고 있었으나, 아이자와는 여전히 입을 꾹 다물고 있었다.

"……."

"아이자와?"

아이자와는 살짝 귀찮은 듯한 태도로 머리를 긁적였다.

"…그런 게 있다면 오히려 제가 배우고 싶을 정도네요. 성격도, 자라온 환경도, 성장 속도도 전부 다른 햇병아리들 전원에게 통하는 취급설명서 같은 게 있다면, 지금쯤 빌런 따윈 없는 시대가 됐을걸요?"

벌써 몇 년째 교육에 종사해온 아이자와의 묵직한 발언에 올마이트는 "…지당한 말씀"이라며 작게 쪼그라들었다. 사람을 육성하는 중요한 사안에 지름길을 바란 자신이 조금 부끄러워졌다.

그러나 교육에 관한 공부는 하고 싶다. 해야만 한다.

집에 가는 길에 서점에서 지침서라도 찾아봐야지, 라고 올마이트는 생각했다.

"역시 학생 한 사람, 한 사람을 똑바로 마주보는 게 중요하겠지? 소년소녀들의 성장에는 정말 계속 놀라고 있다니까. 불과 얼마 전만 해도 내 뒤를 졸졸 따라오던 아이가 어느 새 혼자 걷기 시작했고…."

작게 쪼그라들고도 어딘가 기쁜 듯이 무알코올 맥주를 홀짝거리며 마시는 올마이트. 그 모습을 말없이 바라보던 아이자와가 의아한 듯한 표정을 지었다.

"누구 얘기인가요, 그건? 유독 구체적인데."

"어?"라며 고개를 든 올마이트가 뇌리에 떠올린 것은 당연히 이즈쿠였다. 그런 올마이트에게 아이자와는 계속 말했다.

"…예전부터 말씀드리려고 했는데요."

"뭔데? 어드바이스는 대 환영이야!"

"미도리야 말입니다."

갑자기 튀어나온 애제자의 이름에 올마이트의 심장이 펄떡 튀어나올 뻔했다. 간신히 꾹 참으며 평정심을 총동원했다.

"미, 미도리야 소년이 왜…?"

"한 학생만 특별히 예뻐하는 건 관두는 게 좋지 않을까요?"

"…아, 아니, 그건, 저기…."

"물론 자신과 비슷한 '개성'을 가진 학생이 기특하게 열심히 노력하고 있으면 애정이 가는 것도 이해합니다. 어차피 교사도 인간이니까요. 하지만 그걸 태도로 드러내는 것은 좀 아니라고 봅니다. 앞에서 인도하는 입장의 선생이 한쪽으로 치우

쳐 있으면 그건 교육이 아니죠."

사실은 '개성'을 넘겨준 후계자이기 때문이다. 그러나 그 진실을 아이자와에게 밝힐 수는 없었다.

게다가 아이자와의 말도 틀린 것은 아니었다. 아무리 미도리야 소년이 귀여운 제자라 할지라도, 유에이의 교사로선 평등하게 대하지 않으면 안 되기 때문이다. 하지만 실제로 그렇게 해왔느냐, 라고 묻는다면, 솔직히 자신은 없었다.

두 번째로 "…지당한 말씀…"이라고 말하고, 더더욱 작게 쪼그라든 올마이트.

마치 야단맞고 있는 학생과 선생 같았다.

'으윽, 친해질 날은 요원하구나…!'

더더욱 어색해진 분위기를 올마이트가 절감하고 있던 바로 그 순간, 아이자와가 뭔가 말하려는 듯이 입을 열었다.

"—저어."

그런데 그것을 가로막듯이 아이자와의 휴대폰이 울렸다.

"헤이! 1학년 A반 티처스 비밀회합에 MC 마이크 난입~!! 아, 사장님, 난 일단 맥주!! 일단이라는 말은 맥주한테 실례인가?!

에이, 어차피 의례적인 수식어니까!"

통화 상대, 프레젠트 마이크는 불과 5분도 안 되어 찾아왔고, 아이자와 옆에 털썩 주저앉았다. 둘이서 술 마시고 있다는 사실을 알더니, 아이자와의 답변도 듣지 않고 쌩하니 날아온 것이다.

"뭐야~, 술 마시러 갈 거면 한 마디 말이라도 좀 해주지~! 매정하게스리!"

"꺼져."

"그런 한 마디 말고―! 휘유―! 이 한여름에 영하의 짠내 나는 대응 좀 보라지! 아, 사장님. 모둠 닭꼬치, 소금구이로! 그리고 오이 된장 소스랑 젓갈이랑 닭튀김도!"

프레젠트 마이크의 등장으로 단숨에 가게 안이 시끌벅적해지자 올마이트는 어색한 분위기에서 해방되어 휴우, 하고 한숨을 내쉬었다. 아이자와와 마이크는 동기라서 허물없는 사이였다.

노도와 같은 기세로 주문을 마친 마이크가 곧바로 나온 맥주로 건배했다.

"크아―!! 일 마친 다음에 마시는 술 한 잔은 고우 투 헤븐!! 그나저나 희한한 조합인걸?! 물과 기름! 어때? 조금은 뒤섞였나?!"

'아아~, 그 부분은 지적하지 말아줘~!'

거리가 조금도 줄어들지 않은 델리케이트한 부분을, 마이크가 여느 때처럼 쾌활하게 후벼 파자 당황하는 올마이트. 그런 올마이트의 어색한 표정을 감지한 것인지, 프레젠트 마이크는 "아항~?"하며 눈치 빠르게 씨익, 웃었다.

"뒤섞였다가도 금세 분리된 거로구만! 어휴, 처음부터 날 불렀어야지! 분위기 띄웁시다!! 누가 뭐래도 올마이트와 술 마시긴 처음이잖아?!"

"아, 그러고 보니 그렇군."

부임 환영회를 열자는 이야기도 나왔었는데, 여러 가지 사건이 겹치는 바람에 흐지부지 넘어가버린 것이다. 나온 요리를 집어 먹으며 올마이트는 마이크에게 물었다.

"아이자와하곤 술, 자주 마시러 다니나?"

"아주 가끔! 말도 마—, 꼬셔도 잘 안 넘어와, 이 녀석!"

"그렇게 허구한 날 마시러 다닐 수 있겠냐? 휴일에는 아무것도 하고 싶지 않아."

"휴일은 숙취를 위해 존재하는 거잖아?!"

"아니거든?"

"가끔은 부조리한 일도 좀 하라고! 마이 프렌드!"

쌀쌀맞은 아이자와의 태도에도 아랑곳하지 않고 마이크가 팍 팍 들이대는 것은 교무실에서도 친숙한 광경이었으나, 역시 술이 들어가자 더더욱 스스럼없어 보였다. 기분 탓인지 아이자와도 릴랙스 된 것 같았다.

자신이 하지 못한 일을 너무도 쉽사리 해내는 프레젠트 마이크를 보며, 저 적극성도 본받아야 되겠다고 올마이트는 생각했다.

"둘은 유에이 동창이지? 어떤 계기로 친해진 거야? 두 사람도 가만 보면 성격이 전혀 다르잖아."

올마이트가 그렇게 말하자 프레젠트 마이크는 "맞아맞아―" 라며 고개를 크게 끄덕였다.

"입학했을 때부터 필요한 말 외엔 전혀 하지를 않아서, 내가 이 녀석의 긴장을 풀어줘야겠다, 라고 맘먹고 이런저런 말을 걸었지!"

"딱히 긴장했던 건 아니야."

그렇게 말하면서 변함없는 태도로 맥주를 마시는 아이자와. 프레젠트 마이크는 아랑곳하지 않고 계속 말했다.

"말이 하도 없어서 혹시 잘 만들어진 로봇 아닌가―라는 생각까지 들었다니까! 게다가 쉬는 시간마다 퍼자고. 필요한 일 외에는 전혀 하지를 않아서, 우리 반 애들한테 한때 에너지 절약 쇼짱이라 불렸지! 그치? 쇼짱!"

다음 순간, 아이자와가 눈을 번쩍 부릅뜨는가 싶더니 갑자기 프레젠트 마이크에게 초크 슬리퍼를 날렸다.

"꾸엑…?!"

"네가 유행시킨 거잖아…. 그 외에도 이것저것 괴상한 별명을 붙여대고…."

"쉬는 시간의 슬리핑 왕자, 약칭 슬립왕? 마지막엔 슬립사부로 바뀌었지!"

목젖을 누르는 팔을 도로 밀쳐내며 그리운 듯 그렇게 말하는 마이크를 졸도시키려고, 말소 히어로 이레이저 헤드가 거침없이 달려들었다.

"쓸데없는 소리하지 마."

"아, 아이자와, 그쯤 해두지!"

"이 녀석의 수다를 막으려면 이러는 수밖에 없어요."

"진짜로 항복, 진짜로…!"

그러는 동안에도 아이자와에겐 망설임이 없었다. 아무리 그래도 프로 히어로가 프로 히어로를 졸도시키는 건 좀, 아니, 교사지간이라도 곤란하지, 라며 올마이트가 그 사이에 끼어들려던 바로 그 순간, 드르륵, 하고 가게 문이 열렸다.

"안녕하세요~…. 어머, 올마이트랑 이레이저랑 마이크잖아?"

"정말이네, 웬일이에요?!"

미드나이트와 13호였다. 미드나이트는 사복이었으나 13호는 여전히 슈트 차림이었다. 프레젠트 마이크가 "헤, 헬프…!"라며 도움을 요청했으나, 미드나이트는 익숙한 태도로 반박했다.

"보나마나 또 마이크가 쓸데없는 소리를 한 거지? 자업자득이야."

"아니아니, 이럼 안 되죠~. 가게에 민폐 끼쳐요, 선배!"

그러나 양심 있는 13호의 말에, 아이자와는 어쩔 수 없이 팔을 풀었다. 그나마 가게에 대한 배려심은 아직 남아있었나 보다.

간신히 해방된 마이크로부터 경위를 전해 듣고, 미드나이트 일행도 함께 마시기로 했다. 미드나이트는 프레젠트 마이크 옆에, 13호는 올마이트 옆에 앉았다.

"사장님, 난 늘 마시던 걸로! 13호도 여느 때처럼 녹차?"

"네에…. 아, 역시 오늘은 딱 한 잔만 마셔볼까?"

그렇게 말하며 레몬사워를 시킨 13호를 보며 미드나이트가 별일이라는 표정을 지었다.

"웬일이야? 평소엔 안 마시면서."

“모처럼 올마이트가 함께니까.”

기뻐하는 목소리로 대답한 13호. 올마이트는 조금 전까지의 어색한 분위기는 다 어디로 갔는지, 더더욱 시끌벅적해진 술자리에 기분이 조금 업되었다.

“아이고, 나도 모두와 한잔 할 수 있게 되어 기뻐. 비록 무알코올이지만! 그런데 13호는 슈트 안 갈아입나? 답답하지 않아?”

“이쪽이 더 마음 편해요.”

13호는 그렇게 말하며 머리의 헬멧 부분만 떼어내 옆에 내려놓았다. 역시 그런 상태로는 먹거나 마실 수 없기 때문이다.

이러쿵저러쿵 하는 사이에 13호와 미드나이트의 마실 것이 나왔다.

“자, 레몬사워랑…테킬라 나왔습니다.”

“어? 미드나이트, 테킬라야?!”

다시 한 번 건배하는 멤버들. 미드나이트는 그 센 술을 쭈욱 들이마셨다. 올마이트는 그 마시는 기세에 자신도 모르게 감탄했다.

“하아~, 미드나이트는 술이 세구나.”

“그런가? 하지만 술은 위장이 뜨뜻해질 정도가 아니면 마신 기분이 안 나서.”

“역시 유에이의 말술 퀸! 술버릇만 나쁘지 않으면 최고일 텐데!”

“어? 그래?”

프레젠트 마이크의 말에 놀라는 올마이트.

“잠깐만, 마이크. 괜한 생트집 잡으면 테킬라에 푹 담가버릴 거야!”

또 한 모금, 테킬라를 들이마시며 얼굴을 찡그리는 미드나이트를 보고, 아이자와도 맥주에 입을 대면서 중얼거렸다.

“해치워버려.”

“어이, 마이 프렌드! 프렌드를 팔아넘기다니, 그런 법이 어디 있어!! 오우, 마이 프렌드! 이레이저 헤드라는 이름을 지어준 대부가 바로 나인데!! 완전 쿨한 히어로 네임 붙여줬잖아!”

“그렇게 생색내는 꼴 볼 바엔 차라리 개명하는 게 나아.”

“에너지 절약 쇼짱으로?”

“닥쳐.”

이번에는 헤드락을 거는 아이자와에게 “항복, 항복!!”하고 탭하는 프레젠트 마이크. 그런 마이크를 바라보면서 말리지도 않고, 미드나이트는 무언가를 상상하다가 고개를 흔들었다.

“마이크주(酒)는 왠지 입속이 시끄러워질 것 같아.”

“그건 또 무슨 테이스트야?!”

눈앞에서 펼쳐지고 있는 광경에 올마이트가 말릴까 말까 고민하고 있는데, 옆에서 레몬사워를 한 모금 마신 13호가 "저기요!"라며 용기를 낸 듯 말을 걸어왔다.

"올마이트는 야쿠 삼나무[야쿠섬에 자생하는 거대 삼나무]를 좋아하시죠? 사실은 저도 자연을 좋아해서 종종 다큐멘터리 같은 걸 챙겨 본답니다! 언젠가 야쿠 삼나무에 대한 이야길 나눠 봤으면, 하고 줄곧 바라왔는데!"

"뭐야, 빨리 말하지 그랬어! 야쿠 삼나무의 매력에 대해 함께 논할 수 있다니, 대 환영이지! 누가 뭐래도 그 웅대한 존재감이 훌륭하잖아!"

"알아요! 생명력이 넘치고, 거룩하다고 해야 될지."

"맞아! 신성함이 느껴지지. 압도당하지만, 그래도 포용력도 있고…나 자신도 더더욱 노력해야겠다는 생각이 들어."

그러자 13호는 뜻밖이라는 표정을 지었다.

"올마이트도 그런 생각을 하시는군요. 왠지 친근감이 느껴지네요. 저도 자연 다큐멘터리를 보며 의욕을 나눠받고 있는데…. 앗, 그러고 보니 야쿠 삼나무 다큐멘터리 '야쿠 삼나무~유구한 세월을 살다~' 보셨어요?!"

"어? 그런 걸 방영해줬단 말이야? 못 보고 놓쳤네!"

"최고였어요! 녹화 해드릴까요?"

“그래줄 수 있어? 고마워!”

그러고 나서 두 사람은 음료를 한손에 들고 야쿠 삼나무의 매력에 대해 뜨겁게 논했다.

‘설마 야쿠 삼나무에 대해 이렇게 심도 있게 논할 수 있을 줄이야…. 오늘은 정말 오길 잘했어.’

아이자와와 그 어색했던 시간을 까맣게 잊어버린 올마이트는 마음속 깊이 그렇게 생각했다.

좋아하는 것에 대해 논하다 보면 기분이 자연스럽게 업된다. 기분이 업되면 체온도 올라간다. 체온이 올라가면 갈증이 난다. 그리고 술이 들어간다.

너무 즐거운 나머지, 어느 새 레몬사워를 다 마시고 난 13호의 태도가 점점 이상해지기 시작했다는 사실을 깨달았을 때는 이미 늦은 뒤였다.

“그러니까~, 자연은 말이죠? 위대하단 마리동~! 왜냐아면 자연이 없으면 우린 숨도 못 쉬니까옹~. 아시겠어요?! 올마이트~~.”

“시, 13호, 너무 과음한 것 아냐? 지금 물을….”

“물! 물도 말이죠~, 자연의 은혜잖아옹?! 아까워더 못 마셔요. 올마이트는 물에 대해 어떻게 생각하세요?”

혀가 완전히 꼬여버린 13호에게 추궁당한 올마이트는 당황하면서 대답했다.

"소, 소중히 아껴야 한다고 생각하고 있지…!"

"어떤 띡으로요? 구체적으로 설명해주세여어."

"미, 미드나이트~!"

올마이트가 도움을 요청하자, 미드나이트는 요염하게 빙긋 웃었다.

"13호는 술버릇이 좀 안 좋아."

"그건 처음에 말해줬어야지!"

"오늘은 다 같이 있으니까 괜찮을 줄 알았지. …오케이, 다 됐다. 올마이트…는 못 마신다고 했지? 그럼 이레이저, 이거 마셔봐."

그렇게 말하며 미드나이트가 내민 것은 탁한 액체가 들어있는 술잔이었다. 미드나이트의 앞에는 어느 새 여러 종류의 술과 텅 빈 술잔들이 놓여있었다.

"미드나이트, 그건 뭐야?"

술주정을 부리며 슬금슬금 다가오는 13호를 밀쳐내며, 올마이트가 물었다.

"여러 가지 칵테일을 또 다시 칵테일 해봤어. 평범하게 마셔봤자 재미도 없잖아? 술은 인생과 마찬가지야. 모험하며 첫 경험을 반복해 나가야 녹슬지 않는 법이지. 자, 이레이저, 새로운 미각을 체험해봐."
"필요 없어, 너나 마셔."
지극히 불쾌한 표정으로 거절하는 아이자와.
"재미없게스리~. 침대 위에서도 그러지?"
"난 침낭파야."
"올마이트, 이게 미드나이트의 술버릇이야! 맛없는 칵테일 & 칵테일을 만들어 다른 사람들에게 먹이는 거!"
"나도 먹거든? 어떤 맛이 나올지 스릴 있잖아? 자, 마이크. 마셔봐."
옆에서 끼어든 프레젠트 마이크에게 미드나이트의 조준이 맞춰졌다. 칵테일을 한손에 들고 슬금슬금 다가가기 시작한다.
"노 땡큐! 그건 왠지 시궁창 같아! 마시면 안 되는 빛깔을 띠고 있어!"
"됐으니까 잔말하지 말고, 얼른."
"잠깐, 스토…푸웁—!!"
때마침 벌어진 프레젠트 마이크의 입에 타이밍을 딱 맞춰 시궁창 빛깔의 칵테일을 흘려 넣은 미드나이트. 포식자의 눈빛과 상기된 뺨을 하고, 두근두근 설레는 마음으로 감상을 물어본다.
"이봐, 이봐, 어떤 맛이야? 빨리 알려줘♥"

"꾸엑…."

그러나 프레젠트 마이크는 그 맛에 단지 기절할 뿐이었다. 올마이트는 공포에 떨었다.

'마이크가 입을 다물게 만드는 맛…, 무섭다…!! 다행이야, 술을 못 마셔서…!'

"자극이 너무 셌나? 그럼 다음은 이거랑~요거에…여기요, 사장님. 조미료 좀 빌려줄래요? 이것저것."

"왜 그렇게 비합리적인 짓을…."

아이자와는 씁쓸한 표정으로 맥주를 입에 댔다. 역시 아이자와는 센 것 같다. 그 옆에서 프레젠트 마이크가 부활했다.

"크……. 뜨아아악~! 고우 투 헬 같은 칵테일이었어!! 한순간, 죽은 조상님이 데리러 오셔서 허그할 뻔했잖아―! 큰일 날 뻔했네―!"

"그럼 다음은 일본인의 정신이 담긴 된장을 써보자. 조상님 접대 칵테일…. 우후훗, 과연 어떤 맛이 나올까…?"

미드나이트의 그 말에 움찔, 하고 13호가 반응했다.

"된장~?! 된장은 말이죠~, 대지가 키워낸 기적의 발효식품이랍니다~! 식물이 성장하려면 비옥한 토지가 있어야 되고옹, 그러려면 화산이 쾅―해야 되고옹, 비가 억수로 내려야 비로소 영양가가 풍부한 밭이…. 듣고 계세요? 미드나이트~!"

SMASH
오징어다리 소금구이 600엔
열빙어 600엔
명란젓 600엔
채소볶음 700엔
곱창 600엔
부추계란탕 600엔
부침
참마 400엔
바지락 버터구이 700엔
MY HERO ACADEMIA
나의 히어로 아카데미아

“듣고 있어~. 그 기적의 칵테일을 먹여줄 테니까 조금만 기다려.”

“아서, 13호~! 그 기적을 마셨다간 넌 묘비가 되고 말 거야!”

“무례하기는. 그럼 내가 먼저 마셔주지…. 으음, 감칠맛 나고 그리움이 밀려오면서 씁쓸하고 달콤한…마치 원나이트 러브의 추억 같아.”

“휘유—! 대체 어떤 맛이야, 그건?!”

올마이트는 동료들의 뜻밖의 모습을 찬찬히 바라보았다. 이제껏 몰랐던 일면을 볼 수 있어 좋았다. 주정부리고, 싫어하고, 음모를 꾸미면서도 다들 즐거워 보였다.

그러나 이 업된 분위기 속에서 혼자만 맨 정신인 것은 조금 힘들었다. 역시 알코올로 인한 흥분감은 좀처럼 따라가기가 어렵다.

‘게다가 역시 혼자만 말짱한 인간이 끼어있으면, 다른 사람들 신나게 노는 데에도 방해되지 않을까…?’

평소에는 좀 더 망가지면서 놀았을지도 모른다. 그렇게 생각하니 왠지 조금 미안한 기분이 들었다. 기적의 칵테일로 이러쿵저러쿵 흥이 올라있는 미드나이트 일행을 거들떠보지도 않고, 묵묵히 술을 마시고 있는 아이자와에게 올마이트는 살며시 말을 걸었다.

"난 이만 돌아가 볼게. 이 다음은 다 같이 신나게 놀아."

돌아가기 위해 가방을 집어 들려던 올마이트의 손을 누군가가 덥석 잡았다.

아이자와였다. 올마이트의 손을 놓고 오갈 데 없어진 손으로 머리를 긁적이면서, 무기력해 보이는 동공이 약간 흔들리고 있었다.

"아이자와?"

"…좀 더 계셔도 되잖습니까."

"아니, 그래도…."

올마이트가 그렇게 말하자 아이자와는 고개를 살짝 숙이면서 중얼중얼 말하기 시작했다.

"…오늘은 꼭 하고 싶은 말이 있었어요."

"뭐, 뭔데?"라며 또 다시 교사로서 글러먹은 부분을 지적당하는 것인가, 라며 경계했으나, 올마이트의 귀에 들려온 것은 아이자와의 뜻밖의 말이었다.

"—감사했습니다."

"뭐?"

"…카미노에서 당신이 싸워줬기 때문에…제가 또 다시 학생들을 지켜볼 수 있게 되었어요."

"아이자와…."

올마이트는 가슴이 뜨거워졌다. 사람들이 웃으며 살 수 있도록. 그렇게 바라며 싸운 결과가 이렇게 자신과 가까운 곳에도 있었다는 사실을 새삼 실감했다.

"그래서…감사했습니다."

'자네의 그 마음, 너무나 고마워. 하지만—.'

"아이자와, 그건 달마 오뚝이야."

아이자와가 계속 말을 걸고 있는 것은 올마이트의 뒤에 있는 토코노마에 장식된 달마 오뚝이였다.

"무슨 말씀이세요, 올마이트. 내가 진지하게…."

"아니, 그러니까 그건 달마 오뚝이라니까?"

"휘유—! 이레이저 취했구나—!"

아이자와의 상태를 알아본 프레젠트 마이크의 말에 올마이트가 깜짝 놀랐다.

"어? 아이자와 취한 거야?!"

"한참 전부터! 조르기 기술 들어가면 취했다는 증거거든! 참고로 취했을 때의 기억은 없는 타입!"

올마이트는 조금 전에 아이자와가 한 말을 떠올렸다. 취해본 기억이 없다는 말은 결국, 취해서 기억이 없다는 뜻이었다.

'…술자리라는 건 언제까지 계속해야 되는 걸까?'

아이자와에게 붙잡혔으니 먼저 돌아갈 수도 없는 노릇이다. 그러나 술자리에 거의 참가해본 적이 없는 올마이트로선, 술자리를 마무리하는 방법도 짐작 가는 바가 없었다.

어떻게 해야 되나 고민하던 그때, 13호가 "아참!"이라며 문득 생각난 듯 휴대폰을 꺼내들었다. 그리고 어딘가로 전화를 걸었다.

"…아, 시멘터스! 혹시 자연의 위대함에 대해 어떻게 생각하나요옹~? 올마이트와 함께 철저하게 논해봅시다~."

"어? 전화는 왜 한 거야?"

깜짝 놀라는 올마이트에게 미드나이트가 말했다.

"아~, 얘는, 취하면 무조건 대화를 나누고 싶어서 여러 사람한테 전화를 해대~."

"네? 어디서 마시고 있냐고요? 당연히 세 원숭이죠옹~."

UA

그 통화가 끝나고 얼마 후, 엑토플라즘, 블라드 킹, 시멘터스, 하운드독이 찾아왔다.

"술 미실 기면 한 마디 해줄 수도 있었잖아?"

"때마침 다 같이 한잔 하러 가자고 얘기하던 중이었어."

"이런이런, 다들 꽐라가 되었군요."

"…이런 모습, 학생들에겐 보여줄 수 없지…, 크르릉…."

그리고 당연한 듯 네 사람도 합류해서, 아홉 명의 대가족이 되고 말았다. 13호의 옆에는 시멘터스가 앉고, 뒤이어 블라드킹, 하운드독이 자리를 잡고, 미드나이트의 옆에는 엑토플라즘이 앉았다. 각자 술이나 안주를 추가로 주문하고, 재차 건배를 했다.

'아아아, 왠지 길어질 것 같은데~…!'

불길한 예감에 올마이트는 경직된 미소를 짓고 있는데, 하운드독이 청주를 홀짝거리며 모두에게 말했다.

"아무리 술자리라도 절도를 지켜야지. 학생들의 본보기가 될 수 있는 교사여야 되지 않겠어?"

'역시 생활지도는 하운드독!'

크게 동의하며 고개를 끄덕이는 올마이트. 엄격한 지도로 유명한 하운드독만 있으면, 이 술자리도 평온하게 넘길 수 있을지도 모른다며 안도했다.

그러나 그것은 허망한 꿈이었다.

"난 오늘만큼 내가 B반 담임이라 다행이라는 생각이 든 날이 없다…!!”

하이볼 500cc 석 잔째에 돌입한 블라드 킹이 감개무량한 듯 소리치며 테이블을 내리쳤다.

“역시 전도유망한 아이들을 키운 부모들이었어…. 넓은 마음으로 우리 유에이에 자기 자식을 맡기겠다고 말씀해 주시더라…! 난…난…너무 기뻐!!”

그렇게 말하며 펑펑 울어댔다. 폭포수 같은 눈물이 하이볼에 후두둑 떨어지는 것을 보며, 미드나이트가 “눈물 탄 하이볼이네”라고 말했다.

‘블라드 킹은 술 먹으면 우는 타입이구나….’

다 큰 성인이 펑펑 우는 모습에 다소 당황하면서, 올마이트가 “우리 A반 부모님들도 그러셨지, 아이자와”라고 말했다.

“네에”라며 고개를 끄덕이는 아이자와.

“그래? A반도…? 우리 건배하자, 이레이저!”

블라드 킹이 엉엉 울면서 하이볼을 한손에 들고 아이자와 쪽으로 걸어왔다. 반쯤 강제적으로 블라드 킹이 건배하고 눈물 탄 하이볼을 말끔히 비웠다.

“물론 B반과 A반 사이엔 약간 격차가 벌어진 걸 수도 있어…. 하지만, 우리 아이들은 곧 A반을 추월할 거야. 모두 하나같이 의욕 넘치고 재능 있는 학생들이니까!”

블라드 킹의 말에 이이자와가 움찔, 하고 미미하게 반응했다.

"…그건 너희 반뿐만이 아니지."

그 목소리에 블라드 킹도 움찔, 하고 반응하더니 눈물이 딱 멈추었다.

"…A반이 우수한 건 인정해. 하지만, 우리 아이들은 재능이 넘치는 데다 일치단결할 수 있는 넓은 도량도 겸비하고 있어! A반은 돌출된 '개성'이 많은 데다, 보조를 맞추기엔 부적절한 학생들이 많은 것 같은데!"

명백히 도발하며 달려드는 블라드 킹에게 아이자와도 눈살을 찌푸리며 반론했다.

"보조만 맞춘다고 다 되는 건 아니지. 그야 물론 협력 태세는 중요하지만, 우선은 각자의 '개성'을 최대한 신장시키는 것도 중요해."

"아이자와, 그건 항아리야."

담임들 간의 조용한 배틀을 옆에서 조마조마한 마음으로 지켜보던 올마이트가 지적했다. 아이자와가 진지한 토론을 벌이고 있는 것은 달마 오뚝이 옆에 놓여있는 항아리였다.

"뭡니까, 올마이트?"

"응, 그쪽은 달마 오뚝이고."

"이 바보야—! 우리 B반은 말이야, 죄다 착한 아이들이야!! 귀여운 내 제자들이라고!!"

학생들에 대한 애정이 북받친 블라드 킹은, 아이자와에게는 눈길도 주지 않고 또 다시 대성통곡하기 시작했다.

"다들, 노래방 가자. 노래 부르면서 마시면 되잖아."

자신이 제조한 의문의 칵테일을 마시며 몹시 흡족해 하고 있는 미드나이트 옆에서 엑토플라즘이 모두에게 말을 걸었으나, 안타깝게도 각자 왁자지껄 떠들고 있어서 아무도 들어주지 않았다. 그리고, 13호가 문득 생각난 듯이 또 다시 올마이트에게 주정을 부리기 시작했다.

"올마이트~, 아까 얘기했던 물의 소중함에 대해 함께 논해봅시다아~."

"어? 그렇지~, 물은 소중하지, 매우!"

"그러니까 어떻게 소중히 아껴 나가야 될까요?! 전 그게 궁금하다 이겁니다~!"

당최 물러서주지 않는 13호를 어떻게 해야 되나, 난감해하고 있는데, 옆에서 도움의 손을 내민 이가 있었다.

"어허, 13호, 올마이트가 곤란해 하시잖아."

올마이트에게 "괜찮습니다, 저한테 맡기세요"라는 듯한 미소를 짓는 시멘터스를 향해, 13호가 슬금슬금 다가갔다.

"시멘터스~, 어떻게 생각하세요? 물에 대해!"
"위대한 자연의 은혜지. 13호는 어떻게 생각해?"
"저도 그렇게 생각합니다! 암요, 자연의 은혜지요옹~…!"
다시 질문으로 반사해 은근슬쩍 13호를 피하는 시멘터스의 고등기술에 올마이트는 감탄했으나, 불현듯 그의 손을 보고 고개를 갸웃거렸다. 시멘터스의 손에 들려있는 것은 13호의 헬멧이었다. 둥그스름한 부분을 애지중지하듯이 쓰다듬고 있었다. 어리둥절해하는 올마이트에게, 술 취한 아이자와를 놀리고 있던 프레젠트 마이크가 한 마디 거들었다.
"저건 시멘터스가 취했을 때의 버릇이야! 동글동글한 걸 무척 좋아하는 눈치더라구. 미스터리한 페티시!"
"나의 동글이도 쓰다듬어볼래?"
"성희롱입니다."
놀리는 미드나이트를 평탄한 미소로 차단하는 시멘터스.
"노래방 안 갈 거야? 재미있는데."
그러나 엑토플라즘의 그 목소리는 또 다시 왁자지껄한 소음에 묻혀버렸다. 엑토플라즘은 "노래방…"이라고 몇 번이나 말했지만 아무도 몰라주자, 더 이상 견딜 수가 없는지 갑자기 벌떡 일어났다. 다들 "어?"하며 그제야 비로소 깨달았다.
"이제 됐어! 나 혼자서라도 노래방 갈 거야!"

라고 말하더니, 직립부동 자세로 뒤로 쓰러지는 엑토플라즘. 옆에 있던 미드나이트가 황급히 끌어안았다.

"괜찮아?!"

당황하는 올마이트를 보고, 미드나이트가 엑토플라즘에게 무릎베개를 대주며 말했다.

"한발 먼저 꿈나라로 떠났어."

엑토플라즘은 도로롱—하는 숨소리를 내며 잠들어 있었다.

"천연 저반발 베개, 부럽다—!"라며 시끌벅적 소란을 피우는 마이크의 목소리를 들으면서, 올마이트는 물밀 듯이 밀려오는 피로감을 느꼈다.

'다들, 점점 취해가고 있군…. 최후의 양심은 하운드독뿐…!'

올마이트가 매달리듯 맨 끝에 앉아있는 하운드독에게 시선을 돌렸다.

"뼈가 하나…, 뼈가 둘…, 뼈가 셋…, 후후."

하운드독은 어느 새 주위에서 빌려온 뼈 모양의 젓가락 받침을 바라보며, 만족스러운 듯 미소를 지으며 청주를 마시고 있었다.

'앗, 취했군.'

순식간에 깨달은 올마이트. 뼈를 좋아하는 것은 역시 개의 '개성'을 가졌기 때문인 것일까? 그러고 있는데, "난 B반 담임이라 행복해…"라며 울면서 돌아온 블라드 킹이 그 모습을 발견했다.

"뭐야, 하운드독. 뼈 모으고 있어…? 어이, 다들, 여기 뼈 좀 줘! 하운드독, 뼈 좋아한단 말이야…!"

무슨 이유인지 엉엉 울면서 모두에게 애걸하는 블라드 킹. 술이 들어가면 과연 무엇이 심금을 울리는 것인지 알 길이 없다. 사람 수만큼 모아온 뼈 모양 젓가락 받침을 보더니, 하운드독의 눈동자가 약간 촉촉해졌다.

"…고마워."

"괜찮아…. 너의 뼈를 위해서 건배하자!"

단짝인 두 사람은 둘이서만 건배를 하고 술잔을 주고받았다. 미드나이트는 엑토플라즘의 머리카락을 쓰다듬으며 그런 두 사람을 쳐다보고 "역시 청춘이란 좋은 거야~"라고 하더니, 또다시 새롭게 만든 의문의 칵테일을 마셨다. 그 순간, 갑자기 엑토플라즘이 눈을 번쩍 뜨더니 벌떡 일어섰다. 그리고 빈 맥주병을 움켜잡고 마이크처럼 들더니 "짜짜짜랄~랄랄라~"라며 어디선가 들어본 듯한 멜로디를 노래하기 시작했다.

"에, 엑토플라즘?"

아연실색한 올마이트의 맞은편 자리에서, 프레젠트 마이크가 벌떡 일어나더니 똑같이 맥주병을 들고 진지한 태도로 입을 열었다.
“거리에 넘쳐나는 빌런들…. 오늘도 히어로는 이에 맞서 싸운다…. 야박한 세상을 향해 엑토플라즘이 노래합니다…. 왕년의 대 히트송 ‘히어로 술집’, 리슨 업!!”
프레젠트 마이크가 곡을 소개하자, 엑토플라즘이 중후한 미성으로 노래하기 시작했다.

♪빌런을 쓰러뜨리고 선술집으로. “여어, 분위기 좋고!”
슈트 냄새에 눈이 시리네. “대체 몇 년을 안 빨았나YO!”
아아, 오늘밤도 히어로 술집. “술—집—!”
모두의 미소를 안주 삼아. “당신의 미소도 멋지군YO! 후우—!”

프레젠트 마이크가 추임새를 넣어주고 엑토플라즘이 노래하자 다들 환성을 질렀다. 아무래도 비몽사몽간에 한발 먼저 노래방에 간 모양이다. 그 익숙한 태도를 보아하니 아무래도 술자리의 단골 행사인 듯했다.

'어떡하지?, 집에 가고 싶어….'

2절에 돌입한 노래를 저주의 노래처럼 들으며, 올마이트는 망연자실해 있었다.

맨 정신인 것은 단 한 명뿐이었다. 이 자리를 매듭지을 사람도 자기밖에 없는데, 술자리는 혼돈에 빠져서 어떻게 끝을 내야 될지 당최 짐작조차 가지 않았다.

우선 정신을 안정시켜야 될 것 같아, 슬그머니 빠져나와 화장실로 향하는 올마이트. 그러나 마음이 그렇게 빠르게 정리될 리도 없어서, 어떻게 해야 되나 난감한 태도로 돌아오는 통로에, 프레젠트 마이크가 바통을 터치하듯이 나왔다.

"헤이, 올마이트, 혹시 피곤해?!"

"하하하…. 다들 늘 이렇게 파워풀하게 마시고 다녔다니, 깜짝 놀랐어."

힘없이 웃는 올마이트를 보며, 프레젠트 마이크는 "늘?"이라며 뜻밖이라는 듯한 목소리를 냈다.

"어? 늘 이런 건 아니야?"

"오늘은 평소 이상이지. 평소에 안 마시던 녀석도 마시고 있고, 마시는 녀석은 평소의 두 배 정도는 마신 것 같고."

"왜 또…."

의아해하는 올마이트에게 프레젠트 마이크가 씨익, 하고 웃었다.
"그야 그레이티스트 히어로와 술 마실 수 있다는 게 기뻐서겠지. 당신은 히어로도 동경하는 히어로니까. …어이쿠, 마이 방광 위험해—!"
그렇게 말하고서 화장실로 향하는 프레젠트 마이크.
"……."
올마이트는 통로에서 슬며시 다다미방에 있는 사람들을 쭉 둘러보았다. 혼돈에 빠진 지옥 같던 술자리가 방금 그 한 마디에 전혀 다른 광경처럼 보이기 시작했다. 그리고 '히어로 술집'의 한 구절이 문득 뇌리에 되살아났다.
"모두의 미소를 안주 삼아, 라…."
후후, 라며 자신도 모르게 웃음을 흘리는 올마이트. 비록 무알코올이라도, 그 안주만 있다면 모두와 좀 더 함께 지낼 수 있을 것 같은 기분이 든 그 순간, 다다미방에 있던 멤버들이 올마이트의 부재를 깨달았다.
"앗, 올마이트가 없어여어!"
"여기에 있잖아."
"이레이저, 그건 달마 오뚝이야."
"어? 설마 돌아가 버렸나?"
올마이트는 술렁거리는 사람들에게 활짝 웃으며 말을 걸었다.

"에이~, 잠깐 화장실 좀 다녀온 것뿐이야."

그러자 아이자와만 제외하고, 걱정하던 모두가 일제히 올마이트 곁으로 다가왔다.

"어휴~, 아직 자연에 대해 하나도 논하지 못했잖아요오~! 아참! 지금 당장 야쿠 삼나무 보러 갑시다! 밤새도록 야쿠 삼나무 앞에서 이야기꽃을 피워보아요~."

"아니아니, 이제는 비행기도, 전철도 끊겼을 텐데?!"

"아, 그럼 내가 야쿠 삼나무를 체감할 수 있는 칵테일 만들어 줄게."

"그건 틀림없이 쓰겠지?! 사양하고 싶은데…!"

"올마이트, 힐링을 원한다면 자, 이 헬멧의 동그스름한 부분을 쓰다듬어보세요. 신기하게 마음이 편안해진답니다. 아, 그런데 그렇게 하면 내 동글이가 사라지겠구나…? 하는 수 없지. 블라드, 네 이두박근 좀 빌려다오."

"그건 성추행이야, 시멘터스."

"동글이는 딱히 필요 없는데…."

"그딴 것보다, 지금부터 노래방에 가자. 프리 타임으로."

"오오! 올마이트의 노래를 들을 수 있다니…, 난 감격했어! 안 그러냐? 하운드독!"

"아…아…아우—웅!!"
"하운드독도 기뻐대요."
"아니, 노래는 썩 잘하는 편도 아니라서…."
포위당해 있는 올마이트의 맞은편에서, 아이자와가 "그러니까 올마이트라면 여기에…"라며 달마 오뚝이를 건드리려다가 선반에서 또르륵, 하고 떨어트리고 말았다.
"앗, 올마이트가 넘어졌네…?!"
"아이자와, 그러니까 그건 달마 오뚝이라고!"
"올마이트", "올마이트"라며 또 다시 올마이트를 다다미방으로 끌고 들어간 술꾼들은 시끌벅적 주정을 부려댔다.
"잠깐만, 다들 일단 진정하자. 응?!"
그러나 사람 말 따위 듣지도 않는 주정뱅이들의 이성은, 술에 녹아버려 한 조각도 남아있지 않았다. 미소가 안주라고 생각했던 마음은 빛의 속도로 과거로 흘러갔다.
'이제…다시는…술자리에 안 나갈 거야—!!'
올마이트는 그렇게 굳게 맹세했다.

이곳은 유에이 고교 근처의 외진 뒷골목에 있는 선술집 '세

원숭이'.

가게 이름은 '보지 않고, 듣지 않고, 말하지 않는다'에서 유래되었다. 본래는 좀 더 고상한 의미지만, 이곳에선 그냥 스트레이트하게 받아들이고 있다. 술자리에서 있었던 일은 보지 않고, 듣지 않고, 말하지 않는다. 말하자면, 밖에 누설하지 않는다는 뜻이다.

그래서 히어로들도, 교사들도 안심하고 오버할 수 있는 것이다.

술자리에선 계급장을 떼는 법. 히어로들도, 교사들도, 술에 휘둘리기도 하는 평범한 인간인 것이다.

가끔은 이런 밤이 있어도 좋지 않은가.

Part.2

극적인 대 개조 !!

마치 성 같은 야오요로즈 가의 일실, 야오요로즈 모모의 넓고 우아한 방에 전혀 어울리지 않는 종이박스들이 쌓여있었다. 높다랗게 수십 개 쌓여있는 그것은 흡사 작은 피라미드 같았다.

마지막 짐까지 간신히 정리하고 한숨 돌리고 있는데 "모모"라며 어머니가 들어왔다. 그 뒤에는 그림자처럼 노집사가 대기하고 있었다.

"어떻게 되어가고 있니? 이사 준비는."

"이게 마지막이에요, 어머니. 최대한 콤팩트하게 싸긴 했는데…."

걱정스러운 듯 미간을 찌푸리는 야오요로즈를 보며, 모친은 더욱 걱정스러운 듯 얼굴을 찡그렸다.

"이렇게 적어도 괜찮겠니? 티 세트는 급우들 숫자만큼 챙겨 넣었고? 다 같이 다과회 할 때 없으면 곤란하잖니? 그리고, 이브닝드레스는?"

지극히 진지한 어머니의 태도에 야오요로즈는 난감한 듯 눈살을 찌푸렸다.

"아무리 그래도, 그건 필요 없지 않을까요…?"
하나같이 수업에는 불필요한 것들이다. 티 세트도 손님용으로 몇 인분 챙겨 넣기는 했지만, 역시나 반 전원 분량까진 필요 없을 것 같다. 각자 아끼는 티 세트 정도는 있겠지. 그런데.
"유비무환이란다, 모모."
너무도 단호하게 말씀하셔서 야오요로즈의 결심이 흔들렸다.
"…하긴, 그것도 그렇겠네요. 확실히 파티수업 같은 게 열리면 곤란할 테니…."
야오요로즈 모친이 "할아범"이라고 말하자, 집사는 전부 알아들었다는 듯이 고개를 살짝 끄덕였다.
"종이박스를 추가하라는 말씀이시죠? 그리고 마님, 유에이에 문의해 봤더니 메이드는 대동할 수 없다고 합니다. 그래서 최신식 가전제품을 한 세트 준비해 놨습니다."
"어머, 그거라면 다른 학생들에게도 도움이 되겠구나! 오오, 그래! 그리고 오락도 필요하겠지. 플레이 룸을 증설해 달라고 할 순 없을까? 그리고…."
이것저것 짐을 계속 추가해 나가는 두 사람을 보며, 야오요로즈는 끝내 저항했다.
"어머니, 할아범, 기숙사 생활도 단련의 장이에요. 가급적 다른 사람들에겐 의존하지 않고, 가능한 건 스스로 알아서 할 생각이에요."

"모모…."

"아가씨…."

야오요로즈 모친의 눈에 희미하게 눈물이 맺혔다.

"…미안하구나. 설마 이렇게 빨리 네가 집을 떠나리라곤 상상도 못 했기 때문에 걱정돼서 그만…."

이에 동의하듯이 집사도 "주제 넘는 짓을…"이라며 고개를 숙였다. 그런 두 사람의 애정에 야오요로즈는 결국 참지 못하고 달려갔다.

"어머니…, 흑. 할아범…, 흑. 미안해요! 그 마음은 너무나 기뻐요…!"

야오요로즈 모친은 자신과 똑같이 눈물을 글썽이는 딸에게 자애로운 눈빛으로 미소를 지어보였다.

"우리 모모도 이제 어른이 다 됐구나…. 아참참, 이것만은 받아두렴. 네 아버지가 기숙사 생활을 위해 준비해주신 선물이야. 할아범."

"이겁니다."

그러자 수십 명의 메이드들이 수십 개의 종이박스를 수레에 실어 날라 왔다. 야오요로즈는 그 중 한 상자를 열어보았다. 그곳에 있는 것은 틈새도 없이 빽빽이 들어차 있는 새 책들이었다.

“다양한 국가의 도감 시리즈와 백과사전입니다. 아가씨께서 가장 기뻐하실 만한 물건을 고르려고, 주인님이 열심히 고민하셨답니다. 그리고 특수 제작한 책장도.”

“어머나…! 당연히 다 들고 가야죠…!”

감격해서 눈동자가 촉촉해진 야오요로즈를 모친과 집사가 따뜻하게 지켜보았다.

이제 곧 기숙사 생활이 시작된다.

8월 중순, 쾌청한 하늘을 등지고 선, 새로 막 지어져 따끈따끈한 하이츠 얼라이언스 앞에 1학년 A반이 오랜만에 전원 집합했다.

바쿠고를 구출하기 위해 토도로키 쇼토, 키리시마 에이지로, 미도리야 이즈쿠, 야오요로즈 모모, 이이다 텐야가 출동했던 사실이 아이자와를 통해 알려지자, 급우들 사이에 잠시 무거운 공기가 흘렀으나, 바쿠고의 퉁명스러운 배려 덕분에 다소 완화되어, 곧 건물로 들어가기 시작했다.

지하 1층, 지상 5층 건물로 한 동에 한 학급. 1층은 식당, 목욕탕, 세탁실 등이 있는 공유 공간이고, TV, 소파가 있는 담화 공간도 있었다.

2층부터는 각각 남녀 별도로 개인실이 있었다. 방 배정은 이미 아이자와가 결정해 놓아서, 2층에는 미네타 미노루, 이즈쿠, 아오야마 유가, 토코야미 후미카게 4명. 남녀가 분리되어 있기는 해도, 미네타를 경계한 것인지 2층에는 여자 방이 없었다.

3층을 배정받은 남학생은 코다 코지, 카미나리 덴키, 이이다, 오지로 마시라오고, 여학생은 지로 쿄카, 하가쿠레 토오루. 4층 남학생은 쇼지 메조, 키리시마, 바쿠고. 여학생은 우라라카 오챠코, 아시도 미나. 5층 남학생은 사토 리키도, 토도로키, 세로 한타. 여학생은 야오요로즈, 아스이 츠유다.

여기저기 다 새롭고 신축건물 냄새가 진동하는 하이츠 얼라이언스에서의 새로운 생활에 기대감이 만발한 학생들에게, 아이자와가 말했다.

"오늘은 일단 자기 방에 있어라. 내일 다시 향후 움직임에 대해 설명하마. 이상, 해산!"

"네, 선생님!!"

씩씩하게 대답하고 각자 자기 방으로 향하는 학생들. 야오요로즈도 애들과 함께 엘리베이터에 올라타려 했으나, 아이자와가 "야오요로즈, 잠깐 이리 좀 와라"라며 불러 세웠다.
"이거, 네 방에 다 들어가지 못한 짐들이다."
1층 구석에 두둥, 하고 놓여있는 것은 야오요로즈의 짐들이었다. 지난번 피라미드보다 훨씬 더 커져있었다.
"방에 들어가는 건 기껏해야 종이박스 대여섯 개야. 꼭 필요한 물건만 골라내고 나머진 돌려보내라."
"네엣? 무슨 그런…!"

전부 필요하다고 생각하고 골라온 짐들을 올려다보며 야오요로즈가 망연자실해 있던 그 무렵, 5층에 있는 자기 방을 본 토도로키는 "앗"하고 나지막이 중얼거리며 어이없어했다.
'—다다미가 아니네.'
불과 조금 전, 다 같이 방을 돌아보고 원목바닥의 서양식 방이라는 것은 알고 있었으나, 태어나서 이제껏 일본 가옥에서 자라온 바람에, 자기 방의 이미지는 무의식적으로 순 일본식 다다미방을 떠올리고 있었던 것이다.
침대며 책상, 서랍장 등은 학교에서 준비한 것을 사용해도 좋고, 자신이 원하는 물건을 사용해도 된다고 해서, 방에 놓여있는 것은 집에서 보낸 일본식 서랍장에 좌식 책상, 좌식 의자에 방석뿐이었다. 그 다음은 옷이나 일용품 같은 짐이 들어있는 종이박스 몇 개뿐이다.

"……."

토도로키는 눈살을 약간 찌푸렸다. 번쩍번쩍한 원목바닥에는 일본식 서랍장도, 좌식 책상도 위화감만 들었다. 일식과 양식을 절묘하게 조합시킨 인테리어도 이 세상에는 존재하겠지만, 왠지 이 방만은 그렇게 안 될 것 같았다.

그러다 토도로키는 문득 눈에 들어온 방 창문으로 다가갔다. 커튼은 기본으로 구비되어있는 것이었다.

'장지문도 없네….'

창문에서 내다보이는 경치도 보는 둥 마는 둥 하고, 토도로키는 위화감을 품은 채 커튼을 열었다 닫았다 해보았다. 물론 커튼 정도는 학교에서 익히 보아 친숙하다. 그러나 그것이 자기 방에 있으면 사정이 좀 다르다.

'천 한 장만으론 불안한데….'

장지문도 종이 한 장이라는 사실은 차치해두고, 그런 감상을 품는 토도로키였다.

그렇다고 해서 서양식 방을 일본식 방으로 바꿀 수는 없었다. 토도로키는 마음을 추스르고 짐을 풀기로 했다.

재빨리 움직이기 편한 체육복으로 갈아입고 양말을 벗었다. 다다미가 깔려있던 자기 집에서의 습관이다.

그런데 그 순간, 발바닥에 원목바닥의 평편한 감촉이 느껴졌다. 쩍쩍 들러붙는 느낌에는 자못 기묘한 기분이 들었으나, 가급적 신경 쓰지 않으려 노력하며 종이박스에 든 짐들을 일본식 서랍장에 넣기 시작했다.

종이박스에 담아온 것은 의류에 타월, 앨범. 그리고 누나인 후유미가 살풍경해질 거라며 넣어준 서예 족자와 분재 등이었다.

원래 짐이 적기 때문에 토도로키의 이사 작업은 눈 깜짝할 사이에 끝나버렸다.

그러자 할 일이 없어진 토도로키는 방 한가운데에 벌러덩 드러누워 보았다. 천장에는 하얗고 동그란 조명기구가 달려있었다. 불현듯 어떤 사실을 깨달았다.

'전등 끈이 없네…? 번번이 입구까지 가서 꺼야 되나?'

토도로키의 본가에 있는 방의 조명은, 일본식 방에 어울리는 사각형 목제등에 끈이 달린 것이었다. 잠들기 전에는 그 끈을 잡아당겨 불을 껐다. 그런데 기숙사 방의 전등 스위치는 입구에 있었다. 불과 몇 걸음의 문제지만, 익숙지 않은 일은 귀찮게 느껴지는 법이다.

그리고는 방을 둘러보았다. 기둥 없는 하얀 벽에, 마찬가지로 하얀 천장. 안 어울리는 가구. 쩍쩍 들러붙는 바닥. 바닥의 감촉을 확인하듯이 고개를 좌우로 흔들어보니, 다다미와 달리 단단하고 딱딱하다.

'오늘부터 여기서 자고 일어나야 되는 건가?'

온몸으로 본가와의 차이를 느끼며, 토도로키는 집을 떠나왔다는 사실을 실감했다.

옛날에는 빨리 집을 떠나고 싶다고 생각했다. 미워하던 아버지의 신세는 지고 싶지 않았으니까. 그러나 이렇게 빨리 떠날 줄은 꿈에도 몰랐다.

전원 기숙사제 이야기에, 아버지인 엔데버는 떨떠름한 표정을 지으면서도 승낙했다. 올마이트라는, 그가 줄곧 목표로 삼아왔던 눈엣가시라는 이름의 목표를 잃고 길길이 날뛰느라 그럴 정신이 없었던 것인지도 모르지만.

'…그러고 보니, 그 인간도 유에이 나왔지…?'

엔데버도 유에이 출신이다. 도대체 어떤 학교생활을 보냈을까?

"…으."

토도로키는 자기도 모르게 아버지를 생각하다가, 얼굴을 험악하게 찡그리며 고개를 절레절레 흔들었다. 그때마다 바닥에

닿는 뒤통수가 딱딱하게 배겨서, 짜증이 밀려와 벌떡 일어섰다. 불쾌한 마음을 진정시키려고, 토도로키는 창문을 열고 바깥 공기를 들이마셨다.

눈앞에 펼쳐져 있는 것은 끝없이 이어져있을 듯한 숲과 점점이 흩어져있는 유에이의 시설들이었다. 유에이의 부지는 무섭도록 넓다. 그러나 최상층에서 내려다보는 훌륭한 전망도 토도로키의 불쾌감을 말끔히 씻어주지는 못했다. 토도로키는 문득 생각난 듯이 방금 집어넣은 앨범을 끄집어냈다.

그 중의 한 장을 슬며시 뽑아내 베란다로 나갔다. 약간 색이 바랜 그 사진은 어린 시절 모친에게 안겨있는 자신. 아직 화상을 입기 전이라 어머니도 행복한 미소를 짓고 있었다. 어머니가 더 이상 이 시절처럼 웃어주지 않을지도 모른다고 생각하니, 옛날엔 이 사진을 보는 것조차 괴로웠다. 그러나 지금은 다르다. 어머니의 웃는 얼굴을 많이 알고 있다.

토도로키가 조금 전의 불쾌감을 말끔히 씻어준 사진 속 어머니를 바라보며 표정을 누그러뜨린 그 순간, 갑자기 세찬 바람이 불었다.

"윽…. 앗?!"

사진이 바람에 휘말려 날아가 버린 것이다. 토도로키는 황급히 기숙사를 뛰쳐나갔다.

'분명 이쪽으로….'

토도로키는 초조해하며 숲 쪽으로 날아간 사진을 찾았다.

그러나 광대한 부지 안에서 한 장의 사진을 찾아내기란 결코 쉬운 일이 아니었다.

숲 속, 각각의 시설로 연결되는 통로를 구석구석 뒤지고 다녔으나, 전혀 보이질 않았다.

'도대체 어디로….'

토도로키가 얼굴을 찡그린 그 순간, 어딘가 먼 곳에서 철컹, 철컹, 하고 기계적인 소리가 들려왔다.

"?!"

그 다음 순간, 재빠른 스피드로 무언가가 토도로키 쪽으로 날아왔다. 그 즉시 쫙 펼친 빙결 장벽에, 그 무언가가 부딪치며 떨어졌다. 주먹만한 크기의 기계였다.

"뭐야, 이건?"

"나의 베이비예요!"

그렇게 말하며 달려온 것은 탱크톱 차림에, 머리에 투박한 고글을 낀 여학생. 서포트과의 하츠메 메이였다.

토도로키는 잠시 생각한 뒤, 그녀가 체육대회에서 본 얼굴임을 상기하고 그 기계를 돌려주었다.

MY HERO ACADEMIA
나의 히어로 아카데미아

“감사합니다! 이건 제48번째 깜찍한 베이비인데, 빌런을 붙잡을 때—아앗, 내 베이비들이!”

헉, 하고 놀라는 하츠메. 그녀가 만든 듯한 기계들이 눈앞을 통과해 지나간 것이다. 그러나 그것들뿐만이 아니었다. 가만 보니, 조금 떨어진 곳에서도 몇 가지 기계들이 꿈틀거리고 있었다. “잠깐만 기다려 주세요! 나의 베이비들!”이라며 지나간 기계들을 황급히 쫓아가는 하츠메.

“이봐, 저쪽에도 있는데?”

아무래도 그 베이비라는 말이 기계를 가리키는 것 같다는 사실을 깨달은 토도로키가 그렇게 말했다.

“잡아주세요!”

“뭐? 야.”

하츠메는 토도로키의 답변도 듣지 않고 기계를 쫓아가 버렸다. 갑작스러운 사태에 토도로키는 어안이 벙벙할 뿐이었다.

그녀에게 중요한 물건일지도 모르지만, 이쪽도 소중한 물건을 찾고 있는 중이기 때문이다.

세찬 바람이 휙 지나가며 나뭇잎들을 흔들어놓았다. 토도로키는 조금 전의 초조감이 다시 떠올랐다. 이러고 있는 동안에 사진은 또 다시 멀리 날아가 버릴지도 모른다.

“…….”

토도로키는 우선 가까이서 움직이고 있는 기계의 진행방향에 빙결 장벽을 펼쳐 움직임을 막았다.

해야 할 일은 다 했다. 사진을 찾아야 해, 라며 토도로키는 뛰기 시작했다. 그러나 모습은 보이지 않아도 철컹, 철컹, 하고 여전히 어디선가 기계음이 들려왔다. 잘 모르는 기계들이 아직도 많이 남아있는 것인지도 모른다. 토도로키의 마음에 망설임이 생겨났다.

"——……."

그때 문득 이이다가 생각났다.

바쿠고를 구출하러 가려는 자신들을 실성한 사람처럼 반대하며, 만약 전투에라도 휩쓸리면 어쩔 거냐고 걱정하며 자신이 감시해야겠다고 따라왔다. 그것은 히어로 킬러에게 습격당해 중상을 입은 형 탓도 있겠지만, 그것을 제하더라도 이이다는 엄청날 정도로 성실하고, 평소에도 반장으로서의 책임감이 넘쳐나기 때문이다.

'—만약, 이이다였다면….'

그렇게 생각한 뒤, 토도로키는 걸음을 멈추고 발길을 돌렸다. 이이다라면 이런 때, 망설이지도 않고 곤경에 처한 사람을 도와줄 것이다. 히어로를 꿈꾸는 사람으로서 당연한 일이라고.

사진은 걱정되었으나, 토도로키는 그 소리를 따라 기계를 빙결로 막으러 갔다.

그 무렵, 하이츠 얼라이언스의 3층에 있는 이이다는, 들고 온 대량의 책을 정리하느라 고민하고 있었다.

"작가별 아이우에오 순서대로 해야 될지, 아니면 카테고리별로 해야 될지…. 아냐, 아니면 출판사별로 해야 될지, 혹은 독서 횟수를 고려해야 될지, 아예 알아보기 쉽게 책 크기로 분류하는 방법도 있는데…. 아냐, 그래도…."

그러다가 헉, 하고 숨을 삼킨다.

"이깟 일로 고민하다간 천년만년 끝나지 않아! 반장으로서 이사가 덜 끝난 사람의 정리를 도와줘야지! 오케이! 일단은 과감하게 책등 색깔대로 배열하자!"

이이다는 그렇게 결심하고 그 즉시 색깔별로 책을 정리하기 시작했다. 반장은 기숙사에 들어와서도 건재하다.

“내 깜찍한 베이비들을 잡아주셔서 고맙습니다!”

가까운 곳에 흩어져있던 것들을 대강 끌어 모은 뒤, 서로 간단하게 자기소개를 마친 토도로키와 하츠메. 어쩌다가 이런 일이 벌어졌는지 물어보자, 발명한 귀여운 서포트 아이템들을 이사를 위해 운반하던 중 넘어졌는데, 그 바람에 스위치가 켜지며 멋대로 움직이기 시작했다고 한다.

“이걸 다 네가 만들었단 말이야? 대단하다.”

하츠메가 만든 아이템은 손수레 한 대 분량이었다.

“후후후, 사랑과 재능의 결정체죠! 특히나 이 아이는 자신작이에요!”

그렇게 말하면서 하츠메는 산더미 같은 아이템들 가운데서 영차, 하며 타이어가 달린 박스를 끄집어냈다. 크기는 종이박스 정도였다. “이 버튼을 누르면”이라고 말하면서 하츠메가 조작하자, 박스형 아이템이 위잉—하고 기계음을 내면서 크고 길게 변형되기 시작했다. 눈 깜짝할 사이에 소형 크레인처럼 변신했다.

“콤팩트하지만 이건 거대 빌런을 포획하는 것을 상정한 베이비로, 이 기다란 암 끝에서 절대로 풀 수 없는 구속도구가 튀어나오게 되어있어요! 후후후, 대단하죠?! 그리고 이 글러브형 베이비는 악력을 몇 배로 키울 수 있는 서포트 아이템이에요!

이거면 힘자랑하는 빌런도 틀림없이 녹다운 시킬 수 있을 거예요! 그리고 이건 말이죠…."

자신이 개발한 아이템들에 대한 하츠메의 애정은 보통이 아닌 듯했다. 희희낙락 끝도 없이 계속될 것 같은 설명을 한 귀로 듣고 흘리며, 토도로키는 입을 열었다.

"이게 다야?"

토도로키가 묻자 "어—어, 가만 있자…"라며 베이비들을 바라보는 하츠메. 움찔, 하고 미간을 찌푸린다.

"한 개 모자라네요."

"어떤 건데?"

"엄청나게 작은 베이비인데, 중량은 그 생김새를 배신하는 무게예요. 붙잡은 빌런이 도망가지 못하게 추를 달아두면 어떨까, 하고 발명한 아이템이죠!"

"크기가 얼마만한데?"

"큼직한 매실장아찌 정도?"

"매실장아찌…"라며 토도로키는 주위를 둘러보며 생각했다.

"무겁다면 그렇게 멀리까진 안 갔겠지."

"그럼 난 여기서 보이는 곳부터 찾아볼게요! 내 '개성'은 줌인할 수 있는 눈이에요! 5km 앞까지 또렷하게 볼 수 있으니까!"

"그럼 난 보이지 않는 뒤편을 맡을게."

그렇게 말하고서 두 사람은 조그만 서포트 아이템을 찾기 시작했다. 토도로키는 나무 뒤쪽 등을 찾다가 하츠메의 '개성'을 떠올리고 "아"라며 탄성을 질렀다.

"이봐, 만약 사진 같은 게 있으면 좀 알려줘."

"사진 같은 거요? 좋아요! 혹시 뭔가 찾고 있었어요?"

"으응…."

그때, 그런 두 사람에게 누군가 말을 걸어왔다.

"어라? 이런 데서 뭘 하고 있는 거니? 학생들은 지금쯤 이사 중이지 않나?"

보건실의 히로인 리커버리 걸. 그녀는 건강을 위해 부지 안을 산책하고 있었던 것이다.

"그게 말이죠…."

하츠메로부터 사정을 전해들은 리커버리 걸은 "그럼 나도 도와주마"라며 아이템 수색에 가세했다. 타박타박 걸어 다니며 토도로키와 마찬가지로 나무 뒤편 등을 들여다보기 시작했다.

"없네…. 앗?"

몇 그루째의 나무를 들여다본 뒤, 다시 걷기 시작하려던 리커버리 걸이 나무뿌리에 걸렸다. 가까이 있던 토도로키가 그 즉시 부축하려 했으나, 리커버리 걸은 기합을 넣으며 쿵하고 발을 한 걸음 내디뎌 그 자리에 멈췄다. 그리고 토도로키의 움직임을 알아보고선 방긋 웃는다.
“도와주려고 한 거니? 고맙다. 그나저나 발이 걸려 넘어질 뻔 하다니, 나도 늙었구나.”
그리고 멀뚱멀뚱 토도로키를 바라보았다.
“…하긴 그럴 만도 하지. 그 엔데버의 아들이 이렇게 장성했으니.”
“네…?”
“난 유에이에 오래 있었거든. 엔데버가 학생 시절부터 알고 있단다.”
갑자기 튀어나온 아버지의 이름에 조건반사적으로 토도로키의 눈살이 찌푸려졌다.
“엔데버도 유에이에 있던 시절엔 상처가 아물 날이 없었어. 넘버원 히어로가 되겠다며 무척이나 기를 쓰던 보이였지.”
리커버리 걸의 말에 토도로키의 뇌리에 어린 시절부터 수도 없이 들었던 아버지의 목소리가 되살아났다.
자기 대신 올마이트를 뛰어넘는 히어로가 되어야 한다고 말하는, 이 세상에서 가장 미운 목소리.
“아참참, 수업 때 너무 기를 쓴 나머지 한 번은….”
“—그 인간 이야긴 듣고 싶지…않아요.”
그 즉시 이야기를 차단하는 토도로키를 보고, 리커버리 걸은 눈썹이 약간 처지며 미안한 듯한 미소를 지었다.

“…그래, 그렇구나? 미안하다. 가족도 여러 부류가 있는 거니까.”

토도로키는 부글부글 끓는 마음이 확산되는 것을 느꼈다. 그러나 목구멍에 걸린 듯한 그 마음이, 아버지에 대한 감정을 여전히 소화시키지 못한 자신에 대한 분노라는 사실은, 좀 더 나중에 열리는 임시 면허 시험 때에나 깨닫게 된다.

삐—익. 갑자기 도로 쪽에서 경고음 같은 소리가 나더니 “어라? 이상하다?”라는 하츠메의 목소리가 들려왔다.

“무슨 일이지? 가서 상태를 보고 오마.”

그렇게 말하고 타박타박 하츠메 쪽으로 향하는 리커버리 걸.

토도로키는 속이 부글부글 끓는 상태로 그 뒷모습을 배웅했으나, 잠시 후 안쪽으로 들어갔다. 그러다 커다란 나무 뒤편에서 토도로키는 무언가에 발이 걸려 고꾸라질 뻔했다.

“큭… 엇?”

나무뿌리에라도 걸린 줄 알고 뒤를 돌아보았더니, 그곳에 있던 것은 큼직한 매실장아찌만한 크기의 동그란 기계였다. 찾고 있는 물건이 이거로구나, 라며 토도로키는 손가락으로 집어 들려고 했으나 꿈쩍도 하지 않았다. 무거운 매실장아찌 아이템은 이것이 틀림없는 듯했다.

“—이봐.”

철컹, 철컹! 카가가가각!!

찾았어, 라고 말하려던 토도로키의 목소리가 기계음과 무언가를 파괴하는 듯한 소리에 묻혀버렸다.

무슨 일인가, 하고 허겁지겁 달려간 토도로키가 본 것은, 소형 크레인형 아이템의 암이 리커버리 걸을 향해 밧줄 같은 물체를 던지려 하고 있는 장면이었다. 하츠메는 어떻게든 막아보려 애쓰고 있는 것인지, 리모컨을 필사적으로 조작하고 있었다.

“야! 무슨 일이야?!”

“갑자기 움직이기 시작하더니! 어쩌면 떨어트릴 때 회로가 고장 나버린 건지도 몰라요! 리커버리 걸을 포획해야 될 빌런으로 인식하고 있는 것 같아요!”

“흐악…?!”

리커버리 걸은 도망치려 하다가 발이 걸려 넘어지고 말았다. 그 순간, 암에서 밧줄이 발사되었다.

“큭!”

그녀가 끌려 올라가자 즉흥적으로 튀어나가는 토도로키. 어떻게든 리커버리 걸을 탈출시키려 했으나 타이밍을 놓쳐 함께 구속되고 말았다.

"너…."

깜짝 놀라는 리커버리 걸.

"…죄송합니다."

무사히 탈출시키지 못한 것에 대해 사과하면서, 토도로키는 뛰어나가는 순간 떠오른 키리시마의 얼굴을 상기했다.

바쿠고 구출 작전 전까지는 몇 마디 나눠본 적도 없던 같은 반 친구. 그런데 빌런에게 납치당한 친구인 바쿠고에게 아무것도 해주지 못했다는 억울함 때문에, 이번에야말로 꼭 구해내겠다며 자신을 뜨겁게 채찍질했다. 빌런의 '개성'으로 압축된 바쿠고를 눈앞에서 빼앗겨버린 토도로키는, 그 심정을 충분히 이해할 수 있었다. 그래서 더욱 함께 구출하기 위해 계획을 세웠던 것이다.

'이런 때 키리시마라면 감정에 따라 움직였겠지.'

누군가를 구하고 싶어 하는, 뜨거운 사나이 정신으로.

그 무렵, 하이츠 얼라이언스의 4층에선 키리시마가, 옆방의 바쿠고가 짐 푸는 것을 도와주고 있었다. 서로 옆방이라 그런지, 바쿠고의 종이박스 한 개가 키리시마 쪽으로 섞여 들어와 그것을 갖다 주는 김에 도와주고 있었던 것이다.

“바쿠고! 이 막대기는 뭐야? 무기냐?”

“그건 등산할 때 쓰는 스틱…, 야, 너 언제까지 붙어있을 셈이야?! 얼른 네 방이나 정리해.”

사납게 눈살을 찌푸리는 바쿠고에게, 키리시마는 씨익, 하고 웃으며 말했다.

“괜찮아—, 괜찮아—, 이런 건 하나보다 둘이 하는 게 더 빠르잖아? 그러니까 이따가 내 방도 좀 도와주라!”

“알 게 뭐야! 이런 건 혼자 하는 게 더 빨라.”

그렇게 반박하면서도 바쿠고는 억지로 쫓아내려 하지 않았다.

구해준 사람과 구원받은 사람. 그 미묘하게 남아있던 익숙지 않은 냄새는, 새로운 방안에 휭, 하고 불어온 바람에 금세 사라져갔다.

토도로키는 어떻게든 밧줄을 풀 수 없는지 몸을 움직여보았다. 그러나 두 사람의 팔과 몸통을 함께 구속해놓은 금속제 밧줄은, 빠져나가려고 움직이면 움직일수록 두 사람을 더욱 단단히 옥죄였다. 하츠메는 큰 소리로 고함을 질렀다.

"움직이면 그만큼 더 조여드는 구조예요! 움직이지 마세요!"

"빨리 좀 풀어줘."

"그게, 리모컨도 맛이 간 것 같아서!"

"크…."

'젠장…, 이런 때 야오요로즈였다면.'

이이다와 마찬가지로 바쿠고 구출 작전에 반대하면서도 유사시를 대비해 스토퍼가 되고자 했던 야오요로즈. 대세를 꿰뚫어보는 냉철함도 겸비하고 있고, 풍부한 지식과 사고력이 탁월한 야오요로즈라면 분명 좋은 작전을 떠올렸을 것이다.

그 무렵, 야오요로즈는 1층 구석에서 여전히 짐의 취사선택에 내몰려 있었다.

"은 식기 세트는…필요 없지. 그림도 한 장만 있으면 돼. 신발은…세 켤레면 충분할 거야…. 아아, 그래도 하이힐은 한 켤레 정돈 있는 편이…. 하지만 보관해 뒀다간 자리가…! 역시 필요 최저한도만 챙겨야 해…. 결심했어, 신발은 한 켤레!!"

야오요로즈는 토도로키가 모르는 곳에서 결단력까지 습득하기 시작한 듯했다.

토도로키는 생각했다.

'개성'으로 꽁꽁 얼리거나 불태우면 밧줄을 어떻게든 처리할 수 있을지도 모른다. 그러나 리커버리 걸과 밀착해 있어서 '개성'을 사용했다간 부상을 입히게 된다.

"안타깝지만, 이건 이제 분해하는 수밖에 없겠네요…. 잠깐 공방으로 가서 도구 좀 챙겨올게요!"

그렇게 말하고서 하츠메가 떠나려던 순간, 토도로키 일행이 크게 출렁거렸다. 소형 크레인형 아이템이 갑자기 전진하기 시작한 것이다. 어딘가의 시설로 가는 길을 따라 힘차게 이동하고 있었다.

"뭐, 뭐지?"

"멈춰 주세요! 베이비!"

하츠메는 반짝, 하고 눈을 번뜩이는가 싶더니, 글러브형 아이템을 장착하고 필사적으로 소형 크레인형 아이템을 밀쳐 세워보려고 했다. 그런데도 멈출 기미가 보이지 않고 하츠메까지 휘말리게 생겼다.

"야, 무리하지 마!"

"누군가 선생님을 불러 오렴!"

리커버리 걸이 그렇게 말하는 순간, 토도로키는 출렁거리면서도 전방에 보이는 물체 때문에 제 눈을 의심했다.

"…큭?"

그 앞에 커다란 구멍이 있었던 것이다.

"왜 저런 곳에."

"얼마 전 2학년 연습 때 사용한 거야. 꽤 깊이 팠다고 들었어…."

굳은 표정을 한 리커버리 걸의 말대로, 공중에 매달려있는 높이에서도 바닥이 보이지 않았다.

—만약 이대로 떨어진다면.

거대한 기계와 함께 떨어지면 대 참사가 벌어질 것이 뻔했다. 이제는 토도로키도 초조감을 감출 수 없게 되었다.

그러는 동안에도 소형 크레인형 아이템은 스피드를 높여 구멍을 향해 나아가고 있었다.

누군가를 불러올 시간도 없다. 모 아니면 도로 '개성'을 사용해? 아냐, 그래도.

'어떻게 해야 되지…?!'

초조감에 짜증이 나는 토도로키. 그 순간, 친구의 얼굴이 떠올랐다.

'이런 때에도 미도리야라면 절대 포기하지 않겠지….'

바쿠고 구출 당시, 뜻하지 않게 조우한 빌런의 대 두목 올 포 원과 올마이트의 싸움에 압도당해 어찌 할 바를 몰랐던 순간에도, 미도리야는 포기하지 않고 그 자리를 타개할 작전을 생각해냈다.

아버지에 대한 미움 때문에 응어리져 굳어있던 자신의 가치관을 부숴준 귀하디귀한 친구.

그 무렵, 하이츠 얼라이언스의 2층에서 이즈쿠는 깊이 고민하고 있었다.

"피규어는 역시 실버 에이지, 골든 에이지, 슈트 버전 순서로 해야 되나…? 아냐, 그래도 플라잉 버전도 포기하기 힘들지…."

그가 고민하고 있는 것은 올마이트 피규어를 장식하는 순서였다. 생활필수품이나 근육트레이닝 도구 등을 제외하면, 이즈쿠의 짐은 올마이트 굿즈가 대부분을 차지하고 있었다. 포스터, 브로마이드가 벽에 붙어있고, 선반에도 교과서 등과 함께 꽂혀있는 것은 올마이트 관련 서적뿐.
"하지만 데포르메 이등신 버전도 힐링이 되고…! 머슬 포즈 버전도 아자 파이팅, 하고 의욕이 샘솟아서…. 끄으~응!"
경애하는 올마이트의 열혈 팬인 이즈쿠에게 대충 장식한다는 선택지는 없었다. 위치, 순서, 각도도 최고의 상태로 장식하고 싶었다.
절대로 포기하지 않는 이즈쿠가 그곳에 있었다.

그런 일이 벌어지고 있는 줄은 꿈에도 모르고, 토도로키는 미도리야라면 어떻게 할 것인지, 필사적으로 궁리하고 있었다.
그리고 어떤 물체를 떠올렸다. 뭔가 쓸 만한 아이템은 없는지 찾고 있던 하츠메를 향해 토도로키가 소리쳤다.
"무거운 매실장아찌, 날 향해서 던져!"
"네?"
"잔말 말고 얼른! 숲속에 있는 커다란 나무 뒤편에 있었어!"
"뭔지는 잘 모르겠지만, 알겠어요!"
그렇게 대답하며 하츠메는 숲으로 달려 들어갔고, 곧바로 찾아내 글러브형 아이템을 낀 손으로 그것을 번쩍 집어 들었다.

발에 전속력 아이템을 재빨리 장착하고, 그 즉시 토도로키 일행을 따라잡았다.

"오래 기다리셨죠?! 정말로 던져도 되겠어요?!"

"응, 입을 겨냥해!"

하츠메는 '개성'인 줌인을 발동시켜 토도로키가 벌린 입에 초점을 맞췄다. 그리고 망설임 없이 무거운 매실장아찌 아이템을 던졌다.

"큭!"

토도로키가 그것을 입으로 받아내 출렁임의 반동을 이용해 몸을 최대한 한쪽으로 붙였다. 그러자 매실장아찌 아이템의 무게로 인해 중심이 움직였다. 반대쪽 타이어가 허공에 붕 뜨고 살짝 외바퀴 주행을 하더니, 소형 크레인형 아이템이 천천히 넘어지기 시작했다. 구멍 바로 앞이었다.

'—큰일 날 뻔했네…!'

입속의 무게를 필사적으로 견디며 도로에 쓰러지기 직전, 토도로키는 리커버리 걸을 감싸듯이 밑에 깔렸다.

투카앙…!! 간발의 차이로 굉음을 내며 소형 크레인형 아이템이 넘어지며 멈췄다.

"괜찮으세요?! 두 분 다!"

토도로키는 입 속의 아이템을 또르륵 토해내며 "으응"하고 말했다.

“나도 괜찮아.”

“다행이다! 하지만 무게를 이용해 폭주를 중단시키다니! 그 아이템에 그런 사용법도 있었군요. 후후후, 좋은 참고가 되었어요!”

“그보다 이 밧줄이나 어떻게 좀 해줘.”

“공방에 가서 도구 가져올게요!”

그렇게 말하고서 이번에야말로 하츠메는 학교건물을 향해 뛰어갔고, 공방에 있던 파워 로더와 함께 돌아왔다. 밧줄을 잘라줘서 토도로키와 리커버리 걸은 간신히 해방되었다. 하츠메는 사정을 전해들은 파워 로더에게 단단히 야단을 맞은 모양이다.

“민폐를 끼쳤습니다!”

라며 발랄하게 토도로키 일행에게 사과하는 하츠메에게 파워 로더는 기가 찬 듯이 말했다.

“하츠메. 공방에 있는 서포트 아이템을 어떻게든 처리하라고 했는데, 이걸 다 방으로 들여갈 생각은 아니겠지?”

“하지만 어쩔 수 없잖아요. 공방 외에 다른 곳이라면 제 방밖에 없으니.”

“기숙사에서 또 이런 일이 벌어지면 어쩌려고. …그냥 공방에다 갖다놔."

"처음부터 그렇게 말씀해 주셨어야죠."

야단을 맞고도 하츠메는 별로 타격을 안 입은 듯했다. 그러다 "아참참!"하고 문득 생각난 듯이 주머니에서 무언가를 꺼냈다.

"이거, 오는 길에 나무에 걸려있던데, 혹시 찾고 있던 게 이건가요?"

그것은 어머니의 사진이었다. 토도로키는 받아들고 안도의 미소를 지었다.

"응, 고마워."

"아니에요, 그건 제가 할 말이죠. 깜찍한 베이비들을 잡아주셨으니, 자. 이걸 선물로 드릴게요, 후후후. 친구들이랑 갖고 놀고 꼭 감상 들려주세요."

그렇게 말하며 하츠메가 산더미 같은 아이템들 가운데에 끼어있던, 어디선가 본 듯한 농구공만한 크기의 동그란 나무통 같은 기계를 토도로키에게 건네주었다. 그리고 파워 로더와 함께 산더미 같은 아이템들을 손수레로 끌고 떠나갔다.

"아이고, 황당한 꼴을 당했구나…. 어라? 다쳤잖아?"

리커버리 걸이 토도로키의 뺨에 상처가 난 것을 발견했다. 땅에 떨어질 때 지면에 쓸린 것이다. "쪼옥~!!"하고 '개성'으로 상처를 고쳐주고, 주머니에서 젤리를 꺼내 토도로키에게 내밀었다.

"하리보란다, 먹으렴. 구해줘서 고맙다. 애쓴 아이에겐 더 많이 줘야지."

젤리 한 뭉텅이를 덤덤한 표정으로 받아들면서, 토도로키는 "별 말씀을"이라고 말했다.

"…제 친구라면 분명 이렇게 했을 거예요."

그렇게 대답하고 나서야 비로소, 토도로키는 어느 새 자신이 그런 식으로 생각하고 있었다는 사실을 깨달았다.

누군가라면 분명 이렇게 할 것이다. 그렇게 생각할 정도로 자신의 생활 속에 같은 반 친구들이 자연스럽게 들어와 있다는 사실에 약간 놀랐다.

얼마 전까지만 해도, 이런 식으로 생각하는 일 따윈 절대 없었을 것이다. 그 변화는 토도로키가 받아들여야 될 성장처럼 느껴졌다.

—유에이에 오길 정말 잘했어.

약간 표정이 누그러진 토도로키를 보며 리커버리 걸은 기쁜 듯이 "그래그래. 하지만"이라며 뒷말을 이었다.

"너도 포함해서 유에이에 있는 아이들은 모두 열심히 노력하고 있단다. 예나 지금이나. 노력하지 않는 아이는 단 한 명도 없어. 그러니까, 가끔은 너 자신을 인정하고 칭찬해줘도 돼."

"…네에."

그렇게 말하며 토도로키는 젤리를 먹었다. 쫄깃쫄깃 씹는 맛이 있는 젤리의 달콤함이 고생한 몸에 쫙 스며들었다.

'…아버지도 여기서 열심히 노력한 건가…?'

토도로키는 일순 그런 생각을 떠올리다가, 그 생각을 몰아내려는 듯이 고개를 도리도리 흔들었다.

"그러고 보니 이사 작업은 이미 끝났니? 기숙사 생활은 잘해나갈 수 있겠어?"

리커버리 걸이 물어보자 토도로키는 도저히 적응이 안 될 것 같은 방을 떠올리며 기운이 쑥 빠져 버렸다. 사정을 전해들은 리커버리 걸은 "그런 거라면 좋은 물건이 있지"라며 토도로키를 시설 한편으로 데려갔다.

"여긴…?"

"재활용 쓰레기장이야."

불필요해진 온갖 물건들이 거대한 창고 안에 놓여있었다. 그 한켠에 놓여있는 물건을 보고 토도로키는 눈을 반짝였다. 아직 새것 같은 다다미, 장지문이며 사각 나무틀의 조명 등이 놓여있었던 것이다.

"수업에 사용한 물건인데, 가져가도 돼. 담임한테는 내가 연락해둘 테니."

"…감사합니다."

토도로키는 고개를 숙이고 리커버리 걸을 배웅한 뒤, 휴우, 하고 한숨을 내쉬며 조용히 기를 모았다.

새로운 생활을 할 새로운 방. 분명 익숙지 않은 일도 많겠지만, 이곳 유에이라면 틀림없이 괜찮을 것 같은 예감이 든다.

이제부터 한 번 더 힘 좀 써보자, 라며 토도로키는 팔을 걷었다.

Part.3
위기일발!!

어느 날 밤, 하가쿠레의 비명소리가 기숙사 1층에 울려 퍼졌다.

"꺄악—! 엿보는 놈이 있어—!!"

"뭐? 미네타는 목욕탕에 있는데?!"

그 비명소리에 황급히 달려온 것은 담화 공간에서 담소를 나누고 있던 카미나리, 오지로, 사토.

엿보거나 치한이나 성추행이라고 하면, 걸어다니는 성범죄자 예비군이라 해도 무방한 미네타. 그런데 그 미네타는 지금 때마침 목욕하는 중이었다.

"미네타가 아니었어! 순간적이긴 하지만 뭔가 히죽거리는 얼굴이 저 창문으로 안을 엿보고 있었어…!"

목욕을 마치고 나온 하가쿠레의 티셔츠 소매 부분이 현관 쪽 창문을 가리키고 있었다. 반쯤 분노하고, 반쯤 겁에 질린 목소리는 도저히 농담 같지가 않았다.

카미나리 일행은 "에엑?!"하고 서로 얼굴을 마주보았다. 미네타가 아니라면 A반이 아니라는 뜻이다. 다른 A반 멤버들은 전원 기숙사 안에 있기 때문이다.

—혹시 빌런…?

빌런의 습격을 벌써 여러 번 경험한 A반이다. 카미나리 일행이 순간적으로 그렇게 연상해버리는 것도 무리는 아니었다.

"무슨 일이야?"

긴장감이 감도는 멤버들의 분위기에 목욕하러 가는 길이던 키리시마, 그 뒤에 나타난 이즈쿠, 이이다, 토도로키가 무슨 일인가, 하고 모여들었다.

염탐꾼에 대해 말하자 역시나 전원, 혹시 빌런이 아닌가, 라며 눈살을 찌푸렸다.

"일단 아이자와 선생님께 알려드리자."

라고 이이다가 말한 그 순간.

—쾅쾅쾅! 문을 세차게 두드리는 소리에 전원 경계태세를 취했다.

아무래도 선생님에게 알릴 시간도 없을 것 같다. 다들 아이콘택트를 하고 현관을 에워쌌다.

"—누구세요?"

문 너머에 대고 이이다가 긴장된 표정으로 물어보았다. 그러나 그 질문에 반응은 없었다. 잠시 생각한 뒤 이이다가 애들에게 "연다?"라며 눈으로 확인을 받았다. 말없이 고개를 끄덕이는 일동의 얼굴에도 긴장감이 퍼졌고, 언제든지 '개성'으로 영

격할 수 있도록 전투태세를 취했다.
그런데, 그곳에 있던 것은.
"뭐야아~?! 손님이 찾아왔는데, 빌런이라도 영격하려는 듯한 그 마중 자세는?! 역시 A반, 벌써 히어로 행세이신가?!"
HAHAHAHAHA하고 그 뒤를 잇는 큰 웃음소리. 어떤 의미에선 빌런보다 더 골치 아픈 동급생, B반의 모노마 네이토였다. 입을 떡 벌리고 있는 일동은 본체만체 하며 당연한 듯 안으로 들어온다.
"…잠깐만, 그럼 아까 창문으로 엿본 게 모노마?"
헉, 하고 놀라는 하가쿠레에게 "호오오~"라며 흥미진진한 듯 주위를 둘러보던 모노마가 훗, 하고 시니컬한 웃음을 지었다.
"생사람 잡는 소리하지 마. 누군가 있나, 하고 들여다본 것뿐이니까."
"그런 걸 가리켜 엿봤다고 하는 것 아닌가?"
지적하는 이이다에게도 모노마는 어디서 개가 짖나, 라는 식이다. 이대로는 결론이 안 날 것 같아서 이즈쿠가 말을 걸었다.
"그래서…무슨 용건이 있어 찾아온 건데?"
"용건이 없으면 찾아오면 안 돼?"
"아니, 그런 뜻은 아니고."

이렇게 말하면 저렇게 말하는 모노마. 그러나 한바탕 A반을 놀려먹고 만족한 것인지, 멤버들을 향해 입을 열었다.

"시찰하러 온 거야. A반과 B반 기숙사에 뭔가 차이가 있을지도 모르잖아?"

모노마의 말에 전원 띵한 표정을 지었다. 카미나리가 그것을 대표하듯이 말했다.

"차이고 뭐고가 어디 있어? 전부 똑같이 지었는데."

기숙사는 어느 동이나 생김새도, 구조도 동일하다. 유일한 차이라면 현관 위에 큼직하게 표시되어있는 학급 이름 정도뿐이다. 그런데 모노마는 그 말을 "하!"하고 일축했다.

"너희들, 다른 반 기숙사에 가봤어?"

전원 고개를 도리도리 흔들었다.

"그럼 차이가 있는지 없는지 알 길이 없잖아?"

"그거야 확실히…"라고 말하는 이이다에게, 모노마는 또 다시 "그럼!"하고 들이댔다.

"확인해 봐도 되지?! 응?! 응?!!"

"오타쿠!"

"아, 으응."
"눈 아파!"
"메르시☆"
2층에 있는 이즈쿠와 아오야마의 방을 본 모노마가 가차없이 평했다.
이즈쿠의 방은 기숙사 입소 첫날에 이미 오타쿠라는 평을 받아서 이제 와 새삼 놀랍지도 않았다. 아오야마에게 "눈이 아플 정도로 눈부시다"라는 말은 칭찬이다.
우격다짐 시찰 허가를 받아낸 모노마는 1층의 공유 공간을 둘러본 뒤, "그럼 방도 보여줘"라며 남학생들 방을 둘러보고 있었다. 어쩔 수 없이 그 자리에 있던 모두가 줄줄이 따라다니고 있었다. 때마침 아오야마는 자기 방에서 거울을 보며 본인 체크에 힘쓰고 있는 중이었다.
참고로 미네타, 토코야미, 바쿠고, 쇼지, 세로, 코다는 느긋하게 욕조에 몸을 담그고 있고, 방은 열쇠로 잠가놔서 들어갈 수 없다.
"하아~, 너무 알기 쉬워 재미도 없네."
본인이 보고 싶다고 말해놓고 따분한 표정을 짓는 모노마에게 이이다가 물었다.
"방에 재미있고 없고가 어디 있어? 방은 필요한 물건들이 기능적으로 진열되어 있으면 그걸로 충분한 것 아냐?"

그 말을 들은 모노마는 뭘 모르는구만, 하는 것처럼 어깨를 으쓱거렸다.

"그건 틀렸어. 방은 지극히 개인적인 자신만의 퍼스널 스페이스잖아? 말하자면 그 사람의 본성을 나타내고 있는 거지. 그 방을 보면 그 사람의 본질을 알 수 있다는 뜻이야."

"한 마디로 나의 본질도 눈부시다는 뜻이구나?☆ 정답이야☆"

만족스러워 하는 듯한 아오야마 옆에서 이즈쿠가 약간 복잡한 표정을 지으며 말했다.

"그럼 내 본질은 오타쿠…?"

오타쿠란 어떤 의미에선 자신의 길을 궁구하는 것. 따라서 그렇게 불리는 것에 대해선 아무런 거부감도 없지만, 본질이 오타쿠라는 소리를 들으니 왠지 기분이 미묘하다.

그러나 다른 아이들은 그런 이즈쿠를 보며 "정답이야"라며 고개를 끄덕였다. 좋아하는 것, 즉 히어로를 외골수처럼 추구하는 모습은 어엿한 오타쿠다.

이번에는 3층으로 올라가 카미나리와 이이다와 오지로의 방이다.

"그럼 내 방 좀 봐줘!"

카미나리는 두근두근 기대하며 문을 열었다. 스케이트보드에 다트, 오디오 등이 놓여있고, 마음에 드는 소품도 깔끔하게 디스플레이 되어있었다. 개성 있는 조명기구도 신경 써서 고른 것이다. 그런데 첫날 개최된 방 자랑 대회에선 여자들에게 먹히지 않았다. 이 센스, 설령 여자들은 몰라봐도, 성격은 둘째치고 관찰안만은 있어 보이는 모노마라면 알아줄지도 모른다고 카미나리는 생각한 것이다. 그런데—.

"으음—, 구질구질하니 정신 사납네! 재미있게 생긴 것들은 일단 손대고 보는 지조 없는 타입이야."

"뭐엇?!"

또 다시 가차없이 자르는 모노마. 뒤이어 이이다의 방도 과도한 숫자를 자랑하는 안경 외에는 "The 성실하고 재미없어"라며 단칼에 잘라버렸다. 그리고 뒤이어 오지로의 방.

쓸데없는 주장은 일절 없는, 생활하는 데에 곤란하지 않을 만큼 최저한도의 물건만 놓여있는 방. 누군가가 갑자기 찾아와도 당황할 일이 없는, 평범의 견본 같은 실내에 모노마가 어딘가 희한한 듯 이렇게 말했다.

"…이렇게까지 평범하면 오히려 보기 드문 것 아냐?"

"…그렇게까지 평범하니? 나…."

방 자랑 대회에서도 여자들에게 실컷 평범하다는 소리를 들은 오지로가 심히 낙담했다.

뒤이어 4층으로. 이 층에서 들어갈 수 있는 것은 키리시마의 방뿐이었다.

"너 같은 남자도 이해할 수 없겠지…. 이 방의 남성미는!"

샌드백이며 열정적인 포스터, 표어 등이 붙어있는 키리시마의 방을 보고, 모노마는 말없이 주머니에서 휴대폰을 꺼내들더니 무언가를 조작해 키리시마에게 보여주었다. 그것은 샌드백 등의 근육트레이닝 도구가 놓여있고, 열정적인 표어 등이 붙어있는 방의 사진이었다.

"내 방…?"

"테츠테츠의 방이야."

"방까지 겹친단 말이야…?!"

B반의 테츠테츠 테츠테츠와는 '개성'도, 성격도, 그리고 새롭게 꾸민 방까지 겹치는 키리시마였다.

"그래도 자세히 봐봐. 테츠테츠의 방 커튼은 금속성을 띤 무거운 물건이니까!"

"…! 커튼 열 때도 근육트레이닝을 하고 있단 말이야…?"

놀라는 키리시마 일행을 본 모노마가 씨익, 하고 사악하게 웃었다.

"우리 B반은 말이야, 은밀히 그런 노력을 기울이고 있다 이

거야! 기고만장한 A반은 어차피 방에서 편히 쉴 생각밖에 없지?! 바로 그런 점이야, 그런 점! 역시 A반 기숙사를 보러 오길 잘했어! 거침없이 나태하고 타락한 생활을 하며 우리 B반의 발밑에 무릎이나 꿇—."

"무릎 꿇을 사람은 너야."

발광이 일상 모드인 모노마의 목에 휙, 하고 수도(手刀)가 날아왔다. "어흑"하고 무릎이 꺾인 모노마를 "으이그"하고 건져 올린 것은 B반의 반장 켄도 이츠카였다. 그 뒤에는 진지한 표정으로 걱정하고 있는 테츠테츠와, 커다란 뿔이 돋아난 외국인 츠노토리 포니가 있었다.

"뭐 하는 짓이야, 모노마!"

"모노마, A반에 다녀오겠다며 나갔습니다, 깜짝 놀랐습니다."

포니로부터 이야기를 전해들은 켄도가 모노마를 도로 끌고 가려고 온 것이다. 기숙사는 바로 옆이지만 워낙에 밤이고, 여자들만 가면 위험하지 않겠냐며 테츠테츠도 따라온 것이다.

"정말 매번 모노마 때문에 미안해."

1층 담화 공간에서 완강하게 사과하려 들지 않는 모노마 대신 그렇게 말하는 켄도. 그런 켄도 손에 눌려 강제로 고개를 숙이고 있으면서도 모노마가 이의를 제기했다.

"…야, 켄도. 방해하지 마. 기껏 어딘가 흠은 없는지 정찰하고 있었는데."

"야, 아까는 시찰이라고 했잖아."

자신도 모르게 본심을 털어놓은 모노마에게 카미나리가 태클을 날렸다. 시찰은 현 상황을 확인하는 것. 정찰은 남몰래 적의 내정을 조사하는 것이다. 모노마는 태도가 돌변해 켄도의 손을 치우더니 고개를 번쩍 들었다.

"흥, 모처럼 B반 대표로서 놀러 와줬건만 차 한 잔도 안 내놓는 거냐?! 하여간 이래서 A반은!"

"야, 야, 이번엔 놀러 온 걸로 때우려 하고 있어."

"강철 멘탈…."

기막힌 카미나리와 감탄하는 이즈쿠 옆에서, 야오요로즈가 헉, 하고 놀라 "아아, 그렇군요!"라며 사토와 함께 식당 쪽으로 향했다. 그런 가운데, 키리시마는 테츠테츠와 흥분한 듯 떠들고 있었다.

"커튼으로도 근육트레이닝을 하다니, 대단하다! 역시 달라!!"

"키리시마야말로 마르고 닳도록 쓴 샌드백이던데?! 역시 내가 인정한 사내다워!!"

따악, 하고 주먹을 마주 대는 두 사람이었다.

이러쿵저러쿵 하는 사이에 야오요로즈와 사토가 홍차와 케이크를 들고 왔다.

"사토의 케이크와 제가 블렌딩한 홍차예요. 입맛에 맞아야 될 텐데."

"오늘의 케이크는 레몬 쉬폰 케이크야. 휘핑크림에는 벌꿀을 넣어봤어. 다들 수업 받느라 피곤할 것 같아서."

부드러운 노란 빛의 말랑말랑하게 생긴 케이크에는 몽실몽실한 휘핑크림이 곁들여져 있었다. 손님용 티 세트에 담긴 홍차는 투명한 선홍색을 띠고 있어, 쓸데없는 잡맛이 없다는 것을 보기만 해도 알 수 있었다.

"이거, 정말로 사토가 만든 거야?!"

"너무 맛있습니다!"

라며 눈이 휘둥그레져 놀라는 테츠테츠와 포니 옆에서, 켄도가 살짝 미안한 표정으로 A반 멤버들을 바라보았다.

"왠지 미안하다. 모노마가 멋대로 꺼낸 말인데…."

"아니에요, 정말로 처음 오신 손님인걸요? 당연한 일이죠. 자, 사양하지 말고 드세요."

"그래? 그럼…잘 먹겠습니다."

야오요로즈의 재촉에 켄도 일행이 케이크를 입으로 가져갔다.

"…맛있다!"

"단 건 별로 안 먹는데, 이건 맛있네!"

"이 홍차도 딱입니다!"

맛있는 케이크 세트를 솔직하게 만끽하고 있는 켄도 일행 옆에서, 모노마가 벌레 씹은 듯한 표정을 지으며 입을 열었다.

"…이렇게 제대로 대접할 건 또 뭐람…?"

빈정거릴 수도 없는 케이크 세트를 꼴 보기 싫은 듯 쳐다보면서도 모노마의 손은 멈추지 않았다. 아무래도 맛있나 보다. 그 모습을 보고, 자기 방을 폄하당한 카미나리가 앙갚음이라도 하듯이 씨익 웃으며 말했다.

"사토의 케이크 앞에선 너도 완패구나!"

"흥, 그런 방을 가진 너한테 그딴 소리 들어봤자 전혀 분하지 않거든?"

그 말에 또 다시 발끈한 카미나리.

"그런 소리까지 할 정도니 네 방은 자못 센스가 훌륭하겠구나?! 이러고서 촌스러운 방이면 크게 비웃어줄 거야!"

"안 촌스러우면 어떻게 할 건데?"

"전기로 차를 끓여주마…. 아니, B반 목욕물을 데워주마!"
스윽, 하고 휴대폰 화면을 카미나리에게 보여주는 모노마.
"이게 내 방이야."
"…크?!"
그 화면을 보고 카미나리가 할 말을 잃었다. 뭔데뭔데, 라며 화면을 들여다본 오지로 일행도 무심결에 제 눈을 의심했다.
"뭐야, 이건. 완전 세련됐잖아!!"
하가쿠레가 경탄한 목소리를 낼 정도로 세련된 방의 사진이었다. 파스텔컬러의 벽에 맞춰 설치한 듯한, 분위기 있는 앤티크 가구. 완벽하게 조화되어 있으면서도 어딘가 여유로움도 감도는 절묘한 배치와 컬러 코디네이트. 창밖에 에펠탑이 찍혀있어도 이상할 게 없을 것 같은, 프렌치 스타일의 방이었다.
"귀엽다!"
"어머나, 이런 방도 근사하네요."
흥분한 하가쿠레와 야오요로즈 앞에서, 카미나리가 꼬투리 잡을 여지가 없을 만큼 세련된 방에 쿠궁—하고 낙담해 있었다. 그런 카미나리를 향해 모노마가 거친 콧김을 내뿜었다.
"그래서, 언제 데워줄 건데?! 공연히 오버하다가 감전 따위 시키면 안 돼!! 아아, 무섭다, 무서워!!"
"작작 좀 해."

"윽"하고 또 다시 켄도의 수도를 얻어맞는 모노마였다. 역시 모노마는 모노마다.

"얘, 얘, 켄도의 방은 어떤 느낌이야?"

하가쿠레가 흥미진진한 목소리로 물어보자 "나?"라며 어리둥절해하는 켄도 대신 포니가 대답했다.

"켄도의 방, 무척 멋집니다! 유즈드 나무 테이블에 까만 스틸 가구 있습니다. 그리고, 오토바이 사진도."

"켄도 방은, 어쩌면 우리보다 더 남자다울 수도 있어."

응응, 하고 고개를 끄덕이는 포니와 테츠테츠를 보며, 켄도는 민망한 듯 얼굴을 찡그렸다.

"미안하게 됐네. 너무 귀여운 건 마음이 편치 않아서."

"그럼 츠노토리의 방은 어떻게 생겼어—?"

"내 방…. 이런 식입니다."

포니가 살짝 부끄러워하며 휴대폰 화면을 아이들에게 보여주었다. 그곳에 찍혀있는 것은 애니메이션 포스터나 피규어 등이 비좁게 빽빽이 장식되어있는 방이었다.

"나, 재패니즈 애니메이션, 무척 좋아합니다! 쿨 재팬, 최고예요!"

그 중 포스터 하나를 발견한 하가쿠레가 "앗"하고 탄성을 질렀다.

"이 애니메이션, 나도 좋아했는데! 미소녀 닌자 시노비!"

"정말요?! 나, 어렸을 때 종종 시노비 놀이 했습니다! ―발소리 나지 않게 살금살금, 까치발!"

포니의 두근두근 설레는 듯한 시선과 포즈를 본 하가쿠레도, 비록 다른 이에게 보이진 않지만 반짝, 하고 눈을 빛냈다.

"―당신의 마음에 숨어들겠습니다!"

""미소녀 닌자 시노비, 행차요! 닌닌!""

결정적 대사의 합을 맞추고 흥분한 포니와 하가쿠레 옆에서, 그 휴대폰 화면을 뚫어져라 쳐다보고 있는 이즈쿠를 이이다와 토도로키가 발견했다.

"왜 그래? 미도리야! 그렇게 화면에 바짝 붙어선."

"그러다 눈 나빠져."

그런 두 사람의 걱정도 눈치 못 채고, 이즈쿠는 응시하고 있던 눈을 포니 쪽으로 돌렸다.

"…여기에 찍혀있는 거, 혹시 일본에는 미발매된 카우보이 버전 올마이트 피규어 아냐?"

"아, 맞습니다. 올마이트도 당연히 좋아합니다!"

"우와아아, 좋겠다! 발매되었다는 건 알고 있었는데, 역시 손에 넣진 못 했거든…! 앗, 저기, 다음번에 실물 사진 좀 찍게 해줄 수 없을까…?!"

"물론입니다!"

"아아아, 고마워~!!"라고 감격하며 감사하는 이즈쿠는 어엿한 오타쿠였다.

A반과 B반의 훈훈한 교류를 홀로 씁쓸한 표정으로 바라보고 있던 모노마가 훌쩍 일어섰다.

"자, 이만 돌아가자. 이런 데에 오래 있어봤자 별 소용도 없지."

그렇게 말하는 모노마의 케이크 세트는 깨끗하게 비어있었다. 그러나 용건은 다 끝났다는 듯이 현관으로 향하는 모노마 앞을 카미나리와 오지로가 막아섰다.

"잠깐만 기다려. 멋대로 찾아와선 남의 방을 욕하고, 케이크만 먹고 돌아가…? 무척이나 너 하고 싶은 대로 설쳐대는구나? 이대로 순순히 돌아갈 수 있을 거라 착각하지 마…. 그렇지? 오지로."

"응, 욕만 먹고 넘어가는 건 좀…."

"아니아니, 난 욕한 게 아니라, 본 그대로를 말한 것뿐인데?"

천연덕스럽게 말하는 모노마에게 카미나리와 오지로가 반론했다.

"내추럴하게 무시당한 거라면 더더욱 상처받는뎁쇼?!"

“평범한 게 뭐가 나빠? 무엇보다, 평범함이 존재하기 때문에 기준을 알 수 있는 거잖아…!”

요컨대 이대로는 분이 풀리지 않는다는 뜻이다. 자존심이 상한 남학생들은 상처 입은 맹수다. 맹수라고 해봤자 할퀸 상처 내는 것이 고작인 아기고양이일지도 모르지만.

그러나 모노마는 A반 쪽이 먼저 시비를 걸어오는 흔치 않은 상황을 이해하더니, 그 즉시 전력을 다해 행패를 부렸다.

“에에엑?! 그럼 어떻게 할 건데?! 돌려보내지 않겠다고 한 이상, 뭔가 있겠지?! 대결?! 대결할까?! 어느 쪽이 위인지 확실하게 가려봐아아아?!”

평소 자기 쪽에서만 시비를 걸었는데, 이번엔 외려 상대방이 싸움을 걸어왔다. 사랑이 지나쳐 미움이 백배가 된 것이 아니라, 미움이 지나쳐 사랑이 백배가 된 기분이었다.

기묘한 상황 흐름에 켄도가 끼어들어 말리려 했으나, 모노마 일행의 귀에는 닿지 않았다.

“오냐, 대결해보자! 도망치지 마!”

“어차피 내가 이길 건데 도망칠 리 없잖아?!”

이대로는 안 되겠다 싶어 이이다가 두 사람 사이에 끼어들었다.

“너희들, 그만하지 못해?! 기숙사 안에서 대결 따위가 용납될

리 없잖아?!"

성실한 이이다가 이 귀중한 대결을 저지하는 꼴은 볼 수 없지, 라며 모노마가 눈을 희번덕거렸다.

"이봐, A반 반장, 여기가 어디인지 알고나 있는 거야? 유에이라구! 플루스 울트라, 항상 벽을 뛰어넘지 않으면 안 돼."

"끄응, 한 마디로 이 생활공간 속에서도 그 정신을 잊어선 안 된다…, 늘 경쟁하며 서로를 높여가지 않으면 안 된다…라는 뜻이구나!"

이이다를 너무도 쉽게 구슬린 모노마는, 카미나리 일행에게 또 다시 고양된 시선을 날렸다.

"그보다, 무엇으로 대결할 거야?! 뭐든지 받아주겠지만!!"

"어…? 가만 있자…. 어떻게 하지?"

아무 생각도 없었던 카미나리. 오지로에게 아이디어를 요청하지만, 오지로 역시 아무 생각도 없었기 때문에 당황하며 대답했다.

"어…? 팔씨름이라든가…?"

"뭐엇~?! 임간 합숙의 리벤지라도 하게?! 재주가 너무 빈약한 것 아냐?!"

"그, 그럼 씨름!"

"팔만 뺀 거잖아. 게다가 난 그렇게 힘자랑 하는 타입 아니야.”

“아까는 뭐든지 받아주겠다고 했으면서. 그럼 네가 정하든가!”

“…그쪽이 먼저 대결을 청해놓고 토스하지 마.”

“아니, 네가 먼저 도전해 왔잖아?! 솔직히 너도 떠오르는 게 아무것도 없는 것 아냐?!”

할 말을 잃고 지켜보는 이즈쿠 일행 앞에서 말다툼은 점점 더 달아올랐다. 이것은 안 된다, 저것은 안 된다, 라며 당최 결론이 나질 않았다. 그런 가운데, 사태의 추이를 아이들과 지켜보고 있던 토도로키가 “아”라며 문득 생각난 듯한 목소리를 냈다.

“왜 그래? 토도로키.”

“승패만 가려지면 된다면, 딱 좋은 물건이 있어.”

토도로키가 자기 방에서 가져온 것은 나무통을 본뜬 장난감이었다.

나무통에 뚫려있는 여러 개의 구멍 중 딱 한 개만, 나무통 중앙에서 머리만 쏙 내밀고 있는 해적을 튀어나오게 만드는 구조로 되어있어, 순서대로 검을 찌르기 시작해, 그 한 곳을 찌른 사람이 지는 것이다. 워낙에 대 히트를 친 장난감이라서 어른부터 아이까지 널리 알고 있다.

"오오—, 해적이 위기일발인 그거다!"

"토도로키, 의외의 물건을 갖고 있네요."

반가운 장난감에 다들 표정이 풀어진 가운데, 토도로키는 야오요로즈의 말에 간결하게 대답했다.

"선물 받았어."

"그런데 이게 이렇게 컸던가?"

그 장난감을 보고 오지로가 고개를 갸웃거렸다. 기억 속에선 분명 한손으로 쥘 수 있을 만한 크기였는데, 눈앞에 있는 것은 농구공 정도로 컸다. 그러나 그런 의문도, 뜻하지 않게 안성맞춤으로 등장해준 장난감에 정신이 팔려, 스르륵 흘러가 버렸다.

"디럭스 버전이겠지, 디럭스 버전. 그냥 이거면 되지 않을까?!"

"그래, A반과 B반, 과연 어느 쪽에 그 순간의 운이 편을 들어줄지, 대결해보자고!!"

일단 빨리 종목을 정하고 싶은 카미나리와, 무조건 빨리 대결하고 싶은 모노마의 의견이 일치되었다. A반과 B반이 한 명씩 교대로 검을 꽂기 시작해 해적이 튀어나오게 만든 반이 지는 것으로 룰을 정했다. B반은 남녀 두 명씩이라, 공정을 기해 A반도 남녀 두 명씩 선출했다. 방을 폄하당한 카미나리와 오지로, 재미있을 것 같으니 꼭 하고 싶다고 손을 든 하가쿠레와 때마침 목욕을 마치고 나온 아시도였다.

순서를 정하는 가위바위보는 카미나리와 모노마가 해서, 모노마가 이겼다.

"하하하하하!! 아무래도 운은 우리 B반을 향하고 있는 것 같구나!!"

도깨비의 목이라도 벤 듯한 모노마는 자신만만하게 선공을 선택했다.

"애—, 됐으니까 빨리 시작하자—!"

아시도가 두근두근 설레며 말했다. 주위에서 그것을 구경하고 있는 이즈쿠 일행에게도, 졸지에 모노마에게 휩쓸린 켄도 일행에게도 긴박감이라곤 눈곱만큼도 없었다. 말이 대결이지, 장난감으로 게임하는 것뿐이니 당연한 일이다.

"그럼 나부터 시작한다. B반의 승리를 향한 첫 일격이다!"

모노마가 나무통 구멍에 검을 꽂았다. 딸칵, 소리가 나는가 싶더니 다음 순간—.

찌릿찌릿찌릿…!! 전류가 모노마의 몸에 흘렀다.

MY HERO ACADEMIA
나의 히어로 아카데미아

소리 없는 비명을 지르며 테이블에 피식피식 연기를 뿜으며 엎어지는 모노마. 갑작스러운 사태에 도대체 무슨 일이 일어난 것인지도 모른 채, 다들 아연실색하는 수밖에 없었다. 그러다 테츠테츠가 헉, 하고 정신을 차렸다.

"모노마, 괜찮아?! 모노마—!! 정신 좀 차려봐!!"

"…아니, 안 죽었거든?"

감전으로 너덜너덜해졌지만 간신히 고개를 든 모노마가 카미나리를 쳐다보았다.

"제법인데? 기습 방전이라니…. 역시 A반이 하는 짓거린 대담하구만?!"

"잠깐만, 난 아무 짓도 안 했어!! 너희도 다 봤잖아?!"

의심을 사고 도움을 요청하는 카미나리에게, 오지로가 놀란 와중에도 고개를 끄덕였다.

"응, 전류는 나무통에서 나왔어…."

"그럼, 방금 그게 진 거야?"

"어? 이런 게임이었던가?"

"해적은 안 튀어나왔지만."

"어떻게 된 일이지?!"

패배의 증표가 되어야 할 해적 인형은 여전히 나무통 안에 들어있었다. 영문을 몰라 혼란에 빠진 멤버들. 이즈쿠가 옆에 있는 토도로키에게 말을 걸었다.

"설명서를 보면 알 수 있지 않을까? 토도로키, 설명서는…."

"없어"라며 여느 때처럼 간소하게 대답한 토도로키였으나, 그 얼굴에는 다소 동요한 기색이 감돌았다. 눈살을 약간 찌푸리며 계속 말했다.

"그거, 서포트과 녀석한테서 받은 거야. 분명 하츠메인가 뭔가 하는 이름의. …본인이 만든 건데, 한 번 해보고서 감상을 알려달라고…."

"…에에엑~?!"

하츠메의 서포트 아이템에 피해를 당해본 적 있는 이즈쿠와 이이다 일행이 반사적으로 소리쳤다.

발명품에 대한 하츠메의 정열은 보통이 아니다. 결국 토도로키에겐 사례도 할 겸, 빌런 교란 아이템으로 만든 베이비의 앙케트를 부탁한 것이다.

토도로키도 설마 이런 일이 벌어질 줄은 꿈에도 모르고 "왠지 미안…"이라며 나지막이 사과했다.

"얘들아, 이제 관두는 게 좋지 않을까…? 하츠메의 작품이니, 별의별 게 다 설치돼있을 것 같은 예감이 드는데…."

머뭇거리며 제안하는 이즈쿠에게 이이다도 전력을 다해 동의했다.

"그래, 맞아! 무슨 일이 터지고 난 다음에는 늦어!"

하츠메를 직접적으로 알지는 못 해도, 그 이름과 뭔가 위험하다는 사실만은 전원 알고 있었다.

"그래, 일부러 위험한 일 겪을 필요도 없으니…대결은 일단 중지하는 것으로…."

켄도가 그렇게 말하려던 순간, 모노마가 "뭐어어엇?!"하고 끼어들었다.

"농담이지? 이런 건 간에 기별도 안 가는데…?"

"아니, 대미지 꽤 크게 입었잖아."

모노마는 부스스하게 헝클어진 머리를 손으로 매만지며, 약간 걱정스러운 듯 반박하는 카미나리를, 가늘게 뜬 집요한 눈으로 빤히 쳐다보며 말했다.

"—도망치는 거구나?"

"!"

"이런 장난감 게임도 피해 도망치는 거구나, A반은?! 미안하다! 약해빠진 A반에 대결 따위를 제안해서. 받아들인 것까진 좋은데 내심 바들바들 떤 거지?! 얼른 방으로 돌아가 침대 안에서 엉엉 울어도 돼!!"

"그럴 리가 있냐?! 게임 속행이다!!"

속 보이는 싸구려 도발을 냉큼 받아 삼키는 카미나리를 주위에서 걱정스러운 듯 만류했으나, 한 번 집어삼킨 말은 반품할 수 없었다.

모노마도 자기만 피해를 당하고 자, 끝이다! 라는 것은 도저히 납득할 수 없었다. 아픔보다는 자존심. 그리고 죽으려면 다 같이 죽어야 한다.

"오지로, 어디 해보자!"

"어, 그래."

모노마의 감전으로 완전히 이성을 되찾은 오지로였으나, 카미나리의 의욕에 찬물을 끼얹는 것도 왠지 망설여져, 결국은 함께 하기로 했다.

"하지만 하가쿠레랑 아시도는 굳이 무리하지 않아도…."

"무슨 소리야, 오지로! 이렇게 된 이상, 끝까지 함께 할게!"

"벌칙이 딸려있어 좀 재미있을 것 같기도 하고!"

장단을 맞춰주는 하가쿠레와 아시도에게 감격한 카미나리의 눈동자가 촉촉해졌다.

"너희들…, 어쩜 이렇게 착하냐!!"

그것을 본 포니도 주먹을 불끈 쥐며 테츠테츠 일행을 향해 방긋 웃었다.

"나도 하겠습니다! 이 게임, 애니메이션에서 보고 한번 해보고 싶었거든요!"

“그렇다면 나도 같이 할게. 머릿수가 부족할 테니.”
켄도도 그렇게 말하자, 테츠테츠가 감격하며 모노마의 어깨를 덥석 잡고 흔들었다.
“잘됐다! 정정당당하게 대결해보자!!”
테츠테츠의 돌직구 발언에 모노마는 약간 쑥스러운 듯이 얼굴을 찡그렸으나, 그의 팔을 풀고 A반을 향해 검을 내밀었다.
“자, 다음은 그쪽 차례다! 다음 희생자는 누구일까?!”
“나다!”라고 말하면서 검을 뺏어든 카미나리. 모노마가 의아한 듯한 표정을 지었다.
“넌 전류에 내성이 있지? 비열한 것 아냐? 그건!”
“마음대로 떠들어, 원래 이런 ‘개성’인 걸 나더러 어쩌라고!”
사실은 카미나리도 내심 그렇게 생각하고 있었다. 다소의 전류라면 실컷 덤벼라, 라고. 그리고 검을 나무통에 꽂았다.
그러나 예상했던 전류는 날아들지 않았다. 혹시, 아까 그 전류는 무언가 오류였던 것 아닐까…라고 다들 아련한 기대감을 품은 직후, 갑자기 나무통의 일부가 변형되며 카미나리의 팔을 구속했다.
“엇?! 이게 무슨—.”
찰싹!! 구속된 팔에 두 개의 손가락을 본뜬 물체가 있는 힘껏 내려왔다.

"아야아앗?!"

아파서 비명을 지르는 카미나리. 아연실색한 아이들 눈앞에서 나무통은 위이잉, 하고 또 다시 원래의 나무통 모양으로 돌아갔다.

"방금 그것…손목 때리기였지…?"

그렇게 말하는 사토. 이즈쿠가 생각에 잠겨서 중얼중얼 떠들기 시작했다.

"전류, 손목 때리기…, 이 두 가지의 공통점은 벌칙 게임에 자주 사용된다는 점이야. 역시 하츠메는 검을 꽂을 때마다 뭔가 전형적인 벌칙을 설치해둔 건가…? 이 구멍 전체가 전부 다른 건지 어떤 건지는 아직 모르겠지만, 그 하츠메가 고작 두 종류 정도의 벌칙으로 만족할 거라곤 상상하기 힘드니…."

"그렇다면, 정말로 이 구멍 전체가 서로 다른 벌칙 게임이란 말이야?!"

"그래서 이렇게 컸던 거구나."

이즈쿠의 분석에 카미나리가 자신도 모르게 한탄을 늘어놓고, 그 옆에서 오지로는 묘하게 납득하며 나무통을 빤히 쳐다보았다. 구멍의 숫자만큼 벌칙을 준비해놓았다는 뜻이다.

하지만, 그렇다고 해서 이제 와 그만둘 수는 없었다. 다음은 테츠테츠다.

"덤벼라, 벌칙! 으랏차!!"

기합을 넣고 테츠테츠가 검을 나무통에 꽂는 순간, 기다란 막대기가 튀어나오더니 거기에 달려있던 폭 넓은 고무줄이 테츠테츠의 정면에서 뒤쪽으로 쭈—욱 잡아당겨졌다. 곧이어 풀린 고무줄이 찰싹—하고 기세 좋게 테츠테츠의 얼굴을 가격했다. 고무줄 따귀였다.

"흥."

그러나 테츠테츠에겐 아무런 대미지도 없었다. 맞기 직전에 '개성'인 스틸로 얼굴을 딱딱하게 굳힌 것이다.

"앗, 치사해!"

자신도 모르게 그렇게 말한 카미나리에게 모노마가 시니컬하게 웃었다.

"아까 네가 그랬잖아? 원래 이런 '개성'인 걸 어쩌라고!!"

"크윽"하고 분통을 터트리는 카미나리 옆에서, 오지로가 "그럼 다음은 나구나…"라면서 머뭇머뭇 검을 꽂았다. 그러자 위—잉, 하고 막대기가 나왔다. 그 끝에 달려있는 팔랑팔랑한 종이 같은 물체를 발견하고 이즈쿠가 고개를 갸웃거렸다.

"박스테이프? 그런데 뭐에—."

막대기가 오지로에게 다가가는가 싶더니 앞에 튀어나와있던 오지로의 꼬리 끝에 그 박스테이프를 붙였다. 꼬리 끝부분의

복슬복슬한 털 부분이다.

“어? 잠깐, 만…! ~~크으윽!!”

찰싹 달라붙은 박스테이프가 단숨에 벗겨지자, 오지로는 꼬리를 끌어안고 몸부림을 쳤다. 그 참상을 보고 이즈쿠는 “박스테이프 정강이 털 벗기기구나…”라며 전율했다. 정강이도 다분히 충격적인데, 꼬리라는 미지의 기관. 수수하지만 그 위력은 감히 짐작할 수도 없었다.

“그럼 다음은….”

각오를 다진 얼굴로 켄도가 검을 꽂았다. 그 직후, 무엇이 날아와도 괜찮도록 경계태세를 취하고 있었는데 나무통은 꿈쩍도 하지 않았다. 아무것도 없나, 하고 슬그머니 나무통에 얼굴이 가까이 가져간 순간, 푸쉬익, 하고 무언가가 발사된 듯한 소리가 났다.

“? ……크, 냄새!!!”

음식물 쓰레기가 숙성에 숙성을 거듭하고, 심지어 우유가 스며든 채 사물함에 방치되어있던 걸레에 싸인 듯한 악취에, 켄도가 얼굴을 한껏 찌푸렸다. 냄새로부터 도망치고 싶은 일념에 즉석에서 ‘개성’인 큰 주먹을 꺼내 붕붕 휘둘렀다. 당연히 냄새는 단번에 확산되었다.

“우웨에에엑.”

"앗, 미안!"

너무나 독한 악취에 구역질을 하는 일동. 켄도는 미안한 듯 사과했다.

"그럼 다음은 나구나…!"

마음을 다잡고 하가쿠레가 검을 꽂았다.

"어…? 큭…, 우햐햐햐햐!! 아하하하하!!"

이번에는 두 개의 암이 튀어나와 하가쿠레를 정성껏 간지럽혔다. 웃으며 몸부림치는 하가쿠레의 티셔츠와 반바지가 어그레시브한 동작을 취했다.

"다음은 나로군요…."

두근두근 떨리는 마음으로 포니가 검을 꽂았다. 그러자 끄트머리에 녹색의 무언가가 달린 암이 포니의 입을 조준하더니, 그 녹색의 무언가를 휙, 하고 던져 넣었다.

"큭?!"

순식간에 눈에서 눈물을 뚝뚝 흘리며 코를 움켜잡는 포니.

"찡합니다…!!"

"…고추냉이로군요!"

헉, 하고 깨달은 야오요로즈의 말에 포니는 코끝이 찡하고도 감격했다.

"오우, 이것이 고추냉이…!"

“그럼 다음은 나인가…?”

아시도가 마른 침을 삼키며 검을 꽂았다. 그러자 투명하고 작은 덩어리가 아시도의 등에 쏙 들어갔다.

“히야아아악?! 차가워~!!”

그 투명한 덩어리는 얼음이었다. 바둥바둥거리는 아시도의 등에서 하가쿠레가 얼음을 꺼내들자, 그 옆에서 이즈쿠가 중얼거렸다.

“대단해…! 고통을 안겨주는 것부터 후각에 미각까지 벌칙 게임에 도입했어…. 심지어 단 한 번도 겹치지 않고…. 역시 이건 전부 다 다른 종류의 벌칙이 준비되어있는 거야! 하지만 이런 식이면 진 사람의 벌칙 게임은 도대체…?”

이즈쿠의 의문에 전원 헉, 하고 숨을 삼켰다. 꽝이 아닌 구멍조차도 이렇게 가차 없는 벌칙이 쏟아지고 있다. 이런데도 꽝인 구멍에 당첨되어버리면—.

불길한 예감에 전원의 긴장감이 커졌다.

“모노마, 기권해도 돼….”

“하! 농담해? 그쪽이 기권하겠다면 그러시든가!”

카미나리와 모노마는 서로 오기를 부렸다. 위험하다는 것을 뻔히 알면서도 물러설 수 없는 것이 젊음이다.

그리고 또 다시 모노마부터 순서대로 검을 꽂기 시작했다. 딱 밤에 쇠대야 낙하, 열탕 분사, 파이 던지기, 거대 풍선 폭파 등을 거치며 구멍은 점점 막혀갔고, 온갖 벌칙 게임을 당하며 모두의 대미지는 점점 커져만 갔다. 그리고 이보다 더한 벌칙이 기다리고 있다는 불안감도 점점 커져만 갔다.

간신히 도달한 남은 구멍 2개. 그 둘 중 하나가 꽝이다.

"…에잇!"

순서가 돌아온 아시도가 용기를 내어 검을 꽂았다. 그 즉시, 쭉 뻗어 나온 암이 아시도를 덥석 잡더니 빙글빙글 돌렸다. 아시도는 "끼야아악~?!"하며 당하는 대로 휘둘렸다.

"괜찮으세요?"

해방된 아시도에게 야오요로즈 일행이 걱정하며 말을 걸었으나, 정작 아시도는 "브레이크 댄스 같아 좀 재미있었어—"라며 태연자약하게 나왔다.

해적 인형은 여전히 나무통 안에 들어있었다. 말하자면 최후에 남은 구멍이 꽝으로 확정인 것이다.

그리고 다음 순서는 모노마였다.

"대결은 A반의 승리네!"

"큭."

승리를 뽐내는 카미나리에게 분한 듯 얼굴을 찡그리는 모노마. "자, 어서 꽂아주실까?"라고 강요받아, 노골적으로 굴욕을 당하고 있는데.

"그게 히어로 지망생이 할 짓이야?! 이미 패배가 확정되었다는 사실은 뒤집히지 않으니 그걸로 족하잖아?! 이건 약자 괴롭히기 아닌가?! 너희들, 빌런 지망생이냐?! 아아, 무섭다, 무서워! 이런 곳에 빌런 예비군들이 있었을 줄이야!!"

"벌칙 받기 싫어서 강짜 부리고 있어."

"이렇게까지 비굴하게 나오니 오히려 당당해 보이는 이 신비로움…."

황당함을 뛰어넘어 감탄하는 카미나리와 오지로. 그러나 그렇게까지 해서 모노마가 벌칙 게임을 피하고 싶어 하는 심정도 이해는 갔다. 여기까지 오면서 거친 벌칙 게임의 집대성이 기다리고 있으니까.

"야, 그런데도 시킬 셈이야?! 아아, 아니면, 사과하면 된다 이건가?! 미—안—합—니—다—. 자, 이거면 충분하지?! 하여간, 이런 순간에 A반의 본성이 드러나는구만! 좀 더 넓은 마음을 가져봐!!"

"작작 좀 해."

켄도가 번쩍 치켜든 수도로 타격한다. "윽"하고 쓰러진 모노마 옆에서 테츠테츠가 분노에 찬 표정으로 그를 덥석 잡아 일으켰다.
"사나이답지 못하다, 모노마!"
"싫은 건 싫은 거야!! 난 절대로, 무슨 일이 있어도 벌칙 따윈 받고 싶지 않아!!"
단호하게 잘라 말하는 모노마는 일면 사나이답기도 했다.
"그렇게 싫으면 내가 대신 받아주지!!"
"어? 괜찮겠어?"
"사나이는 일구이언하지 않아!"
너무도 한심한 모노마의 태도에 속이 탄 테츠테츠가 검을 집어 들었다. 키리시마가 그런 테츠테츠를 보며 "사나이 중의 사나이구나…!"라고 감동하며 눈물을 글썽거렸다.
"—찌른다."
테츠테츠가 각오를 다지고 검을 구멍에 가져갔다. 게임이라고는 상상할 수 없는 긴장감 속에서, 전원 무슨 일이 일어나도 괜찮게끔 경계태세를 취했다. 그 집중력은 수업시간을 훨씬 능가해서, 마치 미지의 빌런과 대치하고 있는 듯한 분위기였다.
…철컥. 검이 깊숙한 속까지 꽂힌 소리가 주위에 울려 퍼졌

다. 전원 숨을 삼킨 그 직후.

—파앙!!! 메마른 소리와 동시에, 해적 인형과 컬러풀한 종이 꽃보라가 팔랑팔랑 나부끼는가 싶더니 나무통에서 묘하게 또랑또랑한 하츠메의 목소리가 들려왔다.

"축하합니다!"

"……어?"

말문을 잃은 아이들. 이즈쿠가 헉, 하고 깨달았다.

"…하츠메는 해적을 날려 보낸 사람을 승자로 설정해둔 거야! 그러고 보니 이 게임도 발매 당초에는 그런 설정이었다고 들은 적 있어…."

이즈쿠의 분석에 아연실색해 있던 아이들이 "뭐어엇~?!"하고 분개했다. 하가쿠레가 말했다.

"그럼 어느 쪽이 이긴 거야…?"

"당연히 B반이지!! 해적을 꺼냈으니까!"

"웃기지 마! 맨 처음에 꺼낸 쪽이 지는 거라고 정해 놨잖아!"

"그보다 이건, 그냥 주구장창 벌칙만 당한 것뿐이네…."

또 다시 불붙을 뻔한 모노마와 카미나리였으나, 켄도의 그 말에 후루룩 이성을 되찾았다.

그 숱한 벌칙들을 떠올리기만 해도 피로가 물밀 듯이 밀려왔다.

"…오늘은 이만 돌아갈래."

비틀거리며 돌아가는 모노마네 B반을 배웅하는 A반.

돌풍 같은 이웃사촌이 떠나가고, A반 멤버들은 안도의 한숨을 내쉬었다.

"…이웃간의 교류란 참 힘든 거구나."

"아니, 단지 모노마가 힘든 것 아닐까?"

절절하게 말하는 카미나리에게 냉철하게 태클을 날리는 오지로.

앞으로는 B반도 유에이 부지 안에서 함께 살아야 될 이웃사촌이다. 분명, 또 다시 찾아올 그 이웃사촌을 떠올리며 A반은 쓴웃음을 지었다.

Part. 4

유에이 백물어(百物語)

어둠 속, 촛불에 비쳐 사람과 사슴의 두개골이 허공에 붕 떠 보였다. 그런 방안 중심에서 몇 명의 사람들이 마치 악마 숭배 의식이라도 벌이고 있는 것처럼 촛불을 에워싸고 있었다.

"…그러자, 역시 남자도 겁이 덜컥 났어. 하지만 더 이상 돌이킬 수 없었지. 캄캄한 터널 속을 자꾸만 떨려오는 다리로 무조건 전진했어…. 정확히 한가운데까지 왔을 때였어. 미지근한 바람이 남자의 목덜미를 훅 스치고 지나갔어…. 그런데 좀 이상한 거야. 반대편에서 바람이 불어올 리가 없거든."

박진감 넘치는 말투의 세로를 보며 꿀꺽, 하고 침을 삼키는 카미나리.

"어, 어째서…?"

"그 터널은 끝이 막혀있으니까. 작년에 토사붕괴가 일어나 주저앉았거든."

"거짓말이지…?"라며 세로의 옆에서 아시도가 믿을 수 없다는 듯한 표정으로 중얼거렸다. 세로는 모두의 얼굴을 빙 둘러보더니 속삭이는 듯한 말투로 계속 말했다.

"남자가 발을 멈춘 순간, 위에서 포옹, 하고 차가운 무언가가

떨어졌어. 물방울은 끊임없이 계속 떨어졌어. 남자는 배터리 잔량을 걱정하며 꺼뒀던 손전등을 과감하게 켜고, 머리 위를 비춰보았어. 그곳에 있던 것은…피투성이가 된 그 남자였어!!"

"끄아아아아아아악!!"

자, 결말입니다, 라는 듯한 세로의 목소리에 비명을 지른 미네타가, 옆에 있는 쇼지의 우람한 팔에 매달렸다. 조그만 미네타는 마치 나무를 끌어안은 코알라 같았다. 그 쇼지 옆에 있던 츠유가 지극히 냉정하게 말했다.

"미네타, 시끄러워."

"내 말이! 미네타 때문에 무서움이 반감됐어!"

툴툴대며 불만스러운 듯 입을 쭉 내미는 아시도를 향해, 미네타는 쇼지에게 매달린 상태로 눈물을 글썽이며 반론했다.

"너, 너희는 무섭지도 않아?! 그러고도 여자냐?!"

"야, 비명 지르며 옆 사람을 끌어안다니, 너야말로 여자냐?!"

세로가 놀리자 미네타는 째릿, 하고 노려보며 반론했다.

"네 괴담이 너무 무서운 게 탈이잖아!"

기숙사 생활에도 익숙해진 요즘. 간만의 휴일인데 뭐라도 하자, 라며 흥분한 세로, 아시도, 카미나리. 분위기를 잘 띄우는 멤버들끼리 괴담 잔치를 열기로 한 것이다. 쇼지와 츠유는 그들에게 불려와 동참했다.

"이러면 대체 무얼 위해 참가한 것인지 알 수가 없잖아!"
무서워하면서도 분개하는 미네타에게, 츠유가 쇼지 뒤에서 슬그머니 얼굴을 내밀며 말했다.
"역시 어둠을 틈타 달라붙으려 한 거지? 하여간 미네타는."
에로의 화신인 미네타 옆에 여자가 앉을 리도 없어서, 그는 쇼지와 카미나리 사이에 끼어있었다.
"남자는 말이야, 항상 러키 변태 찬스를 끊임없이 찾아다니는 트레저 헌터라고!"
정곡을 찔린 미네타가 도리어 정색하는데, 옆에서 쇼지가 "남자들을 다 너랑 똑같이 싸잡지 마"라며 복제팔에 달린 입으로 반론했다.
"하여간 못 말려! 그래도 오늘부터는 목욕도 안심하고 할 수 있겠네~."
"응, 정말 다행이야."
웃으며 이야기하는 아시도와 츠유를 보며 미네타가 씁쓸한 표정으로 문득 생각난 듯이 말했다.
"큭, 서포트과의 그 착한 가슴~, 쓸데없는 짓을 하다니…!"
미네타가 언제 목욕탕을 엿볼지 좌불안석이었던 여학생들이 중지를 모아, 서포트과의 하츠메에게 염탐 대책 보안 시스템을 목욕탕 출입구에 달아달라고 부탁한 것이다. 당연히 목욕탕 밖에서의 침입 대책도 완벽하다.

"아참! 이런 때를 대비한 치한 대책 아이템도 부탁해 볼까?!"

"그만해!! 더 이상 나의 러키 변태 찬스의 가능성을 줄여놓지 마!"

"나 참…. 그냥 다른 방에서 해도 되잖아…."

그 무리에서 홀로 벗어나 자기 의자에 걸터앉아, 짜증난 듯 얼굴을 찡그리고 있는 것은 토코야미였다. 괴담을 늘어놓기에 안성맞춤인 장소라며 쳐들어와, 방주인까지 강제로 참가시켰으니 그럴 만도 하다.

"하지만 대낮에도 캄캄한 곳이라면 여기 정도밖에 없잖아. 뼈 같은 것도 있고—, 분위기 만점이지!"

당연히 두개골은 인테리어용 가짜였으나, 촛불에 비치니 더욱 진짜 같아 보였다. 씨익, 하고 천진난만한 미소를 지으며 엄지를 치켜드는 아시도를 보고, 토코야미는 더더욱 얼굴을 찡그렸다.

"너희더러 괴담 즐기라고 장식해둔 게 아니야…!"

"때마침 양초도 있고."

"때마침은 무슨…!"

"그래, 알았어! 그럼 이번엔 내가 토코야미도 무서워할 만한 괴담을 선보일게!"

토코야미의 언짢은 기분도 쾌활한 아시도에겐 통하지 않는 듯했다.

그 무렵, 3층에 있는 지로의 방에는 야오요로즈, 오챠코, 하가쿠레가 모여 지로의 악기를 만져보고 있었다. 오챠코가 기타 현을 튕기자 지―잉, 하고 큰 소리가 났다.

"오오오옷, 소리 났어!"

그 옆에서 똑같이 기타를 들고 있던 야오요로즈가 지로에게 물었다.

"지로, 피크는 이런 식으로 잡으면 되나요?"

"맞아맞아, 그리고 팔꿈치와 손목으로 튕기는 느낌으로 쳐 봐."

"내 영혼의 소리를 들어라―!"

하가쿠레는 에어 기타로 열정적인 연주를 하고 있는 듯했다.

그러나 난생 처음 만져보는 기타는 예상보다 훨씬 어려워서, 오챠코 일행은 지로에게 견본을 보여 달라며 리퀘스트 했다.

"어―? …그렇다면 조금만."

지로는 쑥스러워 하면서도 훅하고 숨을 한 번 토하더니, 좌아―앙! 하고 화려한 손놀림을 선보이며 기타 사운드를 울렸다. 그 연주에 오챠코 일행은 눈을 반짝거렸다.

"대박, 멋있어!"
"프로 같았어!"
"앙코르예요, 지로!"
"에이~, 그러지들 마!"
지로는 뜻밖의 앙코르에 얼굴이 빨개졌다. 지로의 방은 작은 라이브 공연장으로 변했다.

한편, 기숙사 앞에 깔려있는 잔디밭 위에선 이즈쿠가 필살기 습득을 위해 이이다로부터 발 사용법을 배우고 있었다.
"발만 움직여선 힘도, 속도도 실리지 않아. 역시 몸 전체를 사용하는 식으로…. 다시 한 번 해볼게."
"응! 잘 부탁해!"
노트를 손에 들고 커다란 눈망울을 더욱 크게 치뜬 이즈쿠 앞에서 이이다가 킥을 선보였다. 그러자 이즈쿠는 방금 본 것을 잊어버리기 전에 그 즉시 노트에 메모를 했다.
"…역시 허리에 힘주는 방식이 심오하구나. 이렇게 불끈 힘을 싣는 방식으로…몸 전체로…."
"여어, 열심히 하고 있구나."
"앗, 토도로키. 지금 출발해?"
현관에서 나온 것은 토도로키였다. 어지간한 볼일이 없는

한, 휴일에는 꼭 어머니를 병문안하러 다니고 있었다.
"잘 다녀와! 조심하고!"
"어머니한테 안부 전해드려."
이즈쿠와 이이다의 배웅을 받으면서 토도로키는 어머니가 계신 곳으로 출발했다.
"응, 그럼 다녀올게."
점점 작아지는 그 뒷모습을 바라보다가 이즈쿠는 헉, 하고 숨을 삼키며 "미안해, 이이다!"라며 면목 없는 표정으로 이이다 쪽으로 돌아섰다. 무슨 뜻인지 이해하지 못하고 어리둥절해하는 이이다.
"뭐가?"
"아니, 모처럼 휴일인데 특훈 시켜 달라고 해서."
뭔가 볼일이 있었던 건…이라며 걱정하는 이즈쿠를 보며, 이이다는 유쾌한 듯 웃어넘겼다.
"무슨 소리야, 미도리야. 누군가 나에게 가르침을 구하면 당연히 응해야지. 그게 반장으로서의 의무고, 게다가 친구로서 당연한 일이니까. 무엇보다, 존경하는 너에게 도움을 줄 수 있다는 게 기쁘고 자랑스럽다."
"이이다…."
이즈쿠도 이이다와 똑같은 미소를 지었다.

"자, 다시 한 번 해보자. 간다!"
"응!"
성실한 두 사람의 휴일은 특훈으로 점철될 것 같다.

장소는 바뀌어, 4층에 있는 키리시마의 방에선 오지로가 꼬리로 샌드백을 좌우로 재빨리 때리고 있었다. 무술을 습득한 오지로가 샌드백에 관심을 보이며 한번 쳐보고 싶다고 말한 것이다.
"이것 괜찮은데? 왠지 전체적으로 단련되는 듯한 느낌이 들어."
"그렇지? 타격계 연습에는 강추야!"
"발기술도 시험해 봐도 돼?"
"응! 아, 그런데…."
철커—엉!! 너무 힘껏 걷어차면 쓰러지니까 정도껏, 이라고 키리시마가 말하기도 전에 오지로의 발차기가 샌드백을 쓰러뜨리고 말았다. 잠시 후, 문이 난폭하게 벌컥 열렸다.
"시끄러! 조용히 해!!"
옆방의 바쿠고가 너무 큰 소음을 견디다 못해 고래고래 소리치며 찾아온 것이다.
4층의 휴일은 소란스러워질 것 같다.

그리고 또 다시 토코야미의 방에선 아시도가 괴담을 선보이고 있었다.

"…그런데 그 방을 본 영능력자가 깜짝 놀라더래. 벽장 속에 귀신이 잔뜩 들어있다고! 완전 무섭지 않아?!"

"히이익!"

또 다시 쇼지를 부둥켜안는 미네타. 그런데 다른 사람들은 모두 멀뚱하거나 의아한 표정을 짓고 있었다.

"어라? 안 무섭니?"

그런 아이들의 반응을 감지한 아시도에게 츠유가 "글쎄"라며 고개를 갸웃거렸다.

"이야기 자체는 곰곰이 생각하면 되게 무서운데, 미나의 말투가 안 무서워."

"맞아, 괴담이니까 좀 더 괴담답게, 음산하게 얘기해야지—. 아까 나처럼. 괴담에는 연기력이 필수 불가결하다구!"

후훗, 하고 우쭐거리는 세로를 보며 카미나리는 공포를 상기하고 겁에 질려 몸을 부르르 떨었다.

"확실히 세로가 이야기하는 방식은 엄청 무서웠지."

"에엑—? 내 딴에는 되게 무섭게 얘기한 건데—."

자신이 알고 있는 가장 무서운 이야기가 통하지 않자 뾰로통해져 입술을 쭉 내미는 아시도. 그러나 이내 좋은 생각이 났다는 듯이 얼굴이 활짝 밝아졌다.

"얘, 토코야미도 괴담 이야기 좀 해봐! 토코야미 건 엄청 무서울 것 같아!"

"아, 맞아! 평상시의 말투가 이미 괴담 스타일이잖아."

동의하는 카미나리에게 토코야미는 불만스러운 듯 "그게 무슨 뜻이야?"라며 반박했다.

"나도 한 번 들어보고 싶어, 토코야미의 무서운 이야기."

"여어, 괴담왕!"

"토코야미, 너무 그렇게까지 무섭지 않아도 돼…! 야하고 무서운 얘기라면 다소 무서워도 괜찮지만…."

모두의 기대에 찬 시선을 한 몸에 받고, 토코야미는 난감한 듯 얼굴을 찡그렸으나, 이내 작은 헛기침을 한 뒤 입을 열었다.

"…무서운지 어떤지는 잘 모르겠지만, 할아버지한테서 어렸을 때 들은 이야기라면 있어."

모두가 듣고 싶다고 나오자, 토코야미도 전혀 내키지 않는 것은 아닌 태도로 말하기 시작했다.

"—그 옛날, 어떤 마을에서 젊은이들이 백물어(百物語)를 하기로 했어."

“들어본 적은 있는데, 백물어라는 게 뭐더라?”
멍하니 고개를 갸웃거리는 카미나리에게 쇼지가 설명해주었다.
“옛날부터 전해 내려오는 괴담 예법이야. 백 개의 촛불을 켜 두고 백 가지 괴담을 밤새도록 서로 이야기하는 거지. 이야기가 한 가지 끝날 때마다 촛불을 꺼나가고, 그러다 백 번째 촛불을 끈 바로 그 순간, 진짜 괴기가 일어난다는 설이 있어.”
“오오, 때마침 촛불도 켜놨고! 백물어다!”
잔뜩 흥분한 아시도. 토코야미는 의자를 아이들 쪽으로 돌리며 고쳐 앉아, 계속 이야기했다.
“그 마을에서 백물어는 젊은이들에게 몇 안 되는 오락 중 하나였어. 하지만 진짜 괴기가 일어나면 안 되니까, 항상 99번째 이야기에서 중단했지. …어느 날, 도시에서 긴 금발머리 여자가 마을을 찾아왔어. 전 세계를 여행 다니고 있다면서. 백물어에 대한 이야길 듣더니, 여자는 자신도 참가시켜 달라고 했고, 젊은이들은 기꺼이 맞아들였어. 그런데 그 여자는 무서운 괴담을 듣고도 소리 한 번 내지 않았어. 어디 그뿐인가, 히죽히죽 웃기 시작한 거야. 젊은이들은 점차 여자의 그런 모습이 무서워지기 시작했어. 그리고 드디어 99번째 이야기. 젊은이들은 여느 때처럼 거기서 끝내려고 했어. 그런데…그때까지 가

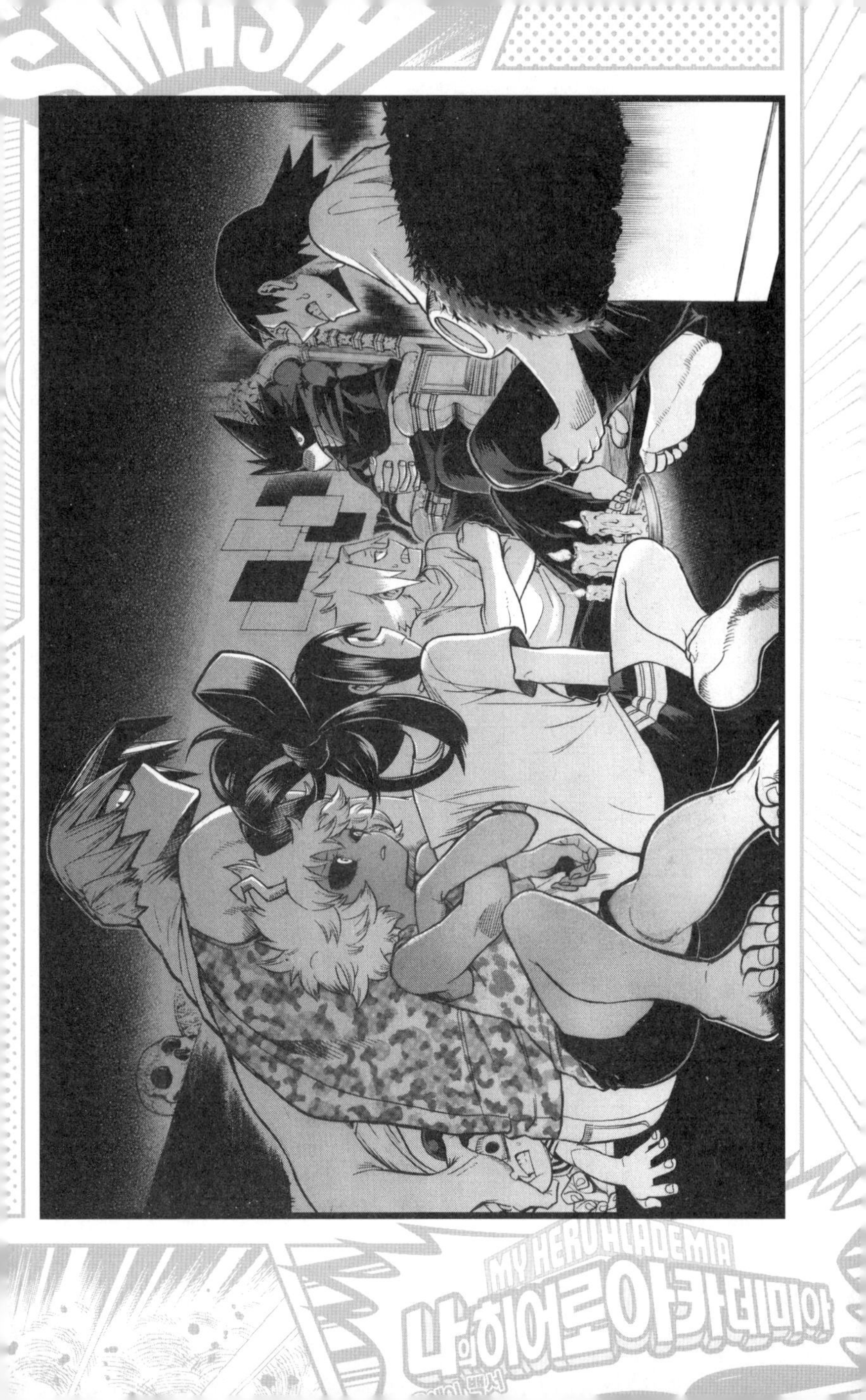
MY HERO ACADEMIA
나의 히어로 아카데미아

만히 듣고만 있던 여자가 백 번째 이야기를 하기 시작한 거야. 젊은이들은 중단시키려 했지만 여자는 멈추지 않았어. 그리고 여자가 이야기를 끝마친 순간, 촛불이 꺼졌어."

"외풍 때문에 저절로 꺼진 것 아냐?"

놀리듯이 말하는 세로 옆에서 아시도가 꿀꺽, 하고 침을 삼키며 물었다.

"그, 그래서 괴기는…?"

"젊은이들 중 한 명이, 역시 아무 일도 안 일어나잖아? 라고 센 척하며 촛불을 켰는데…여자의 모습이 사라지고 없었어. 일대를 다 뒤져봐도 보이질 않는 거야. 아침이 되고, 경찰과 마을 사람들이 총출동해 찾아봤지만 여자의 흔적은 하나도 눈에 띄지 않았어. 여자가 그대로 돌아가 버렸다느니, 요괴에게 납치당했다느니, 별의별 소문이 다 났지만, 그런 소문도 다 사라져가던 어느 날…백물어에 참가했던 젊은이들 중 한 명이 그 금발 여자를 봤다고 주장하기 시작했어. 잘못 본 거라며 아무도 믿지 않았는데, 그 이튿날, 그 젊은이가 죽어있었어. 뭔가 무서운 거라도 본 듯한 끔찍한 얼굴로. 그 목에는 금색 머리카락이 한 가닥 감겨있었지…."

"에에엑…?"하며 아시도가 엉거주춤한 자세로 변해 츠유와 쇼지 사이로 슬금슬금 기어갔다. 츠유의 팔에 팔을 휘감고, 쇼지 뒤에 숨었다.

"뭐 하는 거야?"라고 카미나리가 물어보자 아시도가 쇼지의 등 뒤에서 대답했다.

"아니, 여기가 제일 편안한 느낌이 들어서…."

"알아! 쇼지의 등은 넓어서 왠지 아빠 같잖아."

"! 그럼 나도…."

러키 변태 찬스의 예감에 미네타가 이동하려 했으나, 쇼지가 한쪽 팔로 단단히 저지했다. 토코야미는 계속 말했다.

"그리고 그 다음날에 또 한 명, 그 다음날에도 또 한 명, 똑같이 백물어에 참가했던 젊은이들이 죽어나갔고… 끝내 백물어에 참가했던 젊은이들은 전원 죽었어. 마을 사람들은 분명 그 금발 여자가 사람의 영혼을 잡아먹는 도깨비임에 틀림없다고 떠들기 시작했지…."

"어? 뜬금없이 웬 도깨비…?"

세로가 고개를 갸웃거렸다.

"그 마을에는 어떤 전설이 전해 내려왔거든. 아주 먼 옛날, 그 마을의 어떤 부부 사이에서 갑자기 금발머리의 자식이 태어난 적이 있대. 남편은 아내의 부정을 의심했고, 결백하다고 호소하는 아내와 갓 태어난 아이를 산에다 버렸대. 그리고 아내는 그 산속에서 남편에 대한 원한을 갚기 위해 자식을 도깨비에게 갖다 바쳤대….”

“그럼 그 금발 여자는 도깨비가 되어 마을로 돌아왔다는 뜻이야…?”

더더욱 겁에 질린 아시도에게 팔을 꽉 붙잡힌 채 츠유가 물었다. “적어도 마을 사람들은 그렇게 생각했겠지”라고 토코야미는 고개를 끄덕이며 친구들을 빙 둘러보았다.

“하지만 이야기는 여기서 끝나지 않아. 우리 할아버지에게 그 이야기를 해준 친구 분은, 그 마을에서 이사 온 집안의 자식이었어. 그 아이가 어른이 되고, 고향이 그리워져 그 마을로 가봤는데…그곳은 이미 폐허촌으로 변해있었어. 옆 마을 사람의 이야기를 들어보니, 그 후, 전염병이 그 마을에 창궐해 눈 깜짝할 사이에 전원 죽어버렸다는 거야. 그런데 그것이 정말로 병이었는지 어떤지는 알 길이 없어. 소문에 의하면 죽은 마을 사람들 옆에는 금색 머리카락이 떨어져 있었대….”

“…야, 진짜로 무서워. 그만해~!!”

“세로 이야기는 알기 쉽게 무서웠는데, 이건 서서히 번져오네.”

너무나 큰 공포에 눈물을 글썽이는 아시도를 보고 살짝 눈살을 찌푸리는 츠유. 그러나 토코야미는 그것을 제지하듯이 고개를 살짝 흔들더니 계속 말했다.

"아직 후일담이 남아있어. 할아버지한테 그 이야기를 해준 친구 분 말인데…마을에서 돌아온 뒤로 상태가 영 이상하더래. 이유를 물어봤더니 마을 안에서 금발 여자가 자길 쳐다보며 웃었다는 거야. 그 여자에 관한 이야기를 했으니 분명 자신을 저주할 거라고…. 할아버지는 잘못 본 걸 거라고 말했지만, 친구 분은 귓등으로도 듣지 않았고…그로부터 며칠 후, 급사했대. 그리고 그 목에는 기다란 금색 머리카락이 한 가닥 휘감겨 있었대…."

"에에엑…?"

공포에 쐐기까지 박히자 모두 소스라치게 놀랐다. 세로가 쓴웃음을 지으면서도 오한을 느낀 듯이 팔뚝을 문질렀다.

"으아—, 이건 밤에 생각날 각이다…."

"지어낸 이야기지? 응? 지어낸 이야기라고 말해줘."

카미나리도 진심으로 겁에 질려 토코야미에게 우다다 다가왔다. 토코야미는 예상외의 반응에 조금 당황했다.

"이렇게 무서워할 줄이야…. 미안해. 그런데 이건 진짜로 할아버지한테서 들은 이야기야. 할아버지가 지어낸 이야기인지 어떤지는 단언할 수 없지만."

"…쇼지, 화장실 좀 같이 가주라."

"화장실이라면 복도로 나가자마자 바로 네 방에 있잖아."

"문 밖에서 기다려 달라고!!"

미네타는 남자의 자존심을 버린 듯했다. 그런 아이들을 빙 둘러보더니 토코야미가 말했다.

"전해 내려오는 이야기에는 항상 무언가 교훈이 담겨있어. 말하자면 이 이야기의 교훈은 감히 괴담 따위로 그런 존재들을 조롱해선 안 된다는 거지. 성불하지 못하고 이 세상을 떠도는 망자들은 의외로 가까운 곳에 있고, 사람들의 이야기를 듣고 있을지도 모르니까. 이런 이야기를 하고 있는 지금도 말이야…."

진지한 음성이 더더욱 공포를 조장했다. 꿀꺽, 하고 다들 침을 삼켰다.

"토코야미 말이 맞아. 괴담은 이쯤에서 그만두자."

"그래…! 분위기를 너무 심하게 잡았어."

츠유의 말에 아시도가 휴우, 하고 안도한 듯 고개를 끄덕였다. 세로 일행도 "그래"라며 동의했다.

"이, 이봐, 무서운 걸 잊기 위해 이번에는 야한 이야기 하자! 내 방에서 비장의 동영상이라도 보면서!"

"기각."

필사적으로 두 여학생에게 매달린 미네타의 바람은 그 즉시 소멸됐다.

한밤중.

미네타는 침대 속에서 벌써 몇 십 번째인지도 모를 만큼 몸을 뒤척였다. 자보려고 노력했지만 낮에 들은 괴담이 떠올라 잠을 이룰 수가 없었다. 신경 쓰지 않으려 해도, 한 번 신경 쓰이기 시작하자 멈출 수가 없었다. 기대했던 러키 변태 찬스도 없었고, 차라리 가지 말걸, 이라고 절찬리 후회 중이었다.

그때, 쩌억, 하고 작은 소리가 났다.

미네타는 일순 움찔, 하고 말았으나 기온 변화 등으로 건물이 삐거덕 소리를 내는 집 울림 현상이라는 것을 깨닫고, 휴우, 하고 안도하는 한편, 속으로 사람 놀래키지 마, 라며 투덜거렸다. 그리고 자꾸만 쭈뼛거리는 자신이 바보스러워져서 야한 망상을 하며 자야겠다고 잔뜩 별렀다.

자, 그럼 오늘은 어떤 망상을 할까, 라며 미네타가 룰루랄라 생각하기 시작한 바로 그때.

—위이…잉….

명백히 집 울림과는 다른 소리가 희미하게 났다. 옆에 있는 미도리야의 방에서 난 것도 아니고, 그 소리는 복도에서 나는 것 같았다.

'…기, 기분 탓이야, 기분 탓…!'

그렇게 믿으려 해도 그 희미한 소리는 역시 계속 들려왔다. 그리고 그 소리는 확연히 아까보다 더 커져있었다.

"…제기랄…."

망설였지만, 미네타는 확인해보기로 결심했다. 이대로는 신경 쓰여서 망상이나 할 겨를이 없을 테니까. 망상을 방해받은 억울한 마음에, 공포가 느껴지는 그 소리를 욕하면서 머뭇머뭇 문 쪽으로 다가갔다.

분명 그것이다. 2층에 사는 누군가가 방 밖에서 휴대폰 진동이라도 울리고 있는 것임에 틀림없다. 미네타는 자신에게 그렇게 최면을 걸며 슬며시 문을 열었다.

그러나 복도에는 아무도 없었다.

미네타는 굳은 표정으로 슬며시 문을 닫고 일직선으로 침대에 파고들었다.

'아냐아냐아냐, 기분 탓이야! 이 모든 게 기분 탓이라고!!'

그러나 소리가 사라졌는지 확인하기 위해 이불에서 얼굴을 내밀어보니, 역시나 소리는 여전히 나고 있었다. 점점 커져가는 소리. 점점 크게 들린다는 뜻은….

'절대 가까이 다가오고 있는 게 아니야!! 그거지?! 기숙사 환

기 시스템인가 뭔가, 그 소리지?!'

그러나 그런 소리는 이제껏 난 적이 없었다. 그런 사실을 억지로 머리 한구석으로 몰아넣던 미네타의 귀에 소리가 최대한 가까워지는가 싶더니, 문 앞에서 딱 멈추었다.

다음 순간—.

—콩콩. 문을 노크하는 소리. 그리고.

"…미네타…미노루….."

문 밖에서 여자 목소리가 들렸다.

"…우갸아아아아아아아아악!!"

이튿날, 쉬는 시간의 교실은 온통 그 소리에 관한 이야기를 하느라 여념이 없었다.

미네타가 들은 소리를 츠유, 세로, 아시도, 카미나리, 토코야미, 쇼지도 똑같이 들었다는 것이다.

"잠깐만, 그런데 왜 나만 이름을 불린 거야?! 누군가 거짓말이라고 말해줘!"

다른 사람들은 이름을 불리지 않았다는 사실을 알고 미네타는 착란상태에 빠져 모두를 압박했다.

“미도리야, 정말로 아무 소리도 못 들었어?!”
“미안, 어제는 특훈 때문에 지쳐서 곤히 자느라….”
“…이 멤버들만 들었다면…혹시 토코야미가 한 그 이야기의 저주라던가?!”
농담처럼 웃는 세로에게 “그, 그만해—”라며 카미나리도 웃음으로 답했지만, 둘 다 표정은 경직되어있었다. 사토가 그런 두 사람을 보며 웃음을 터트렸다.
“너희들, 정말로 그딴 걸 믿는 거야? 너무 무서워서 잠이 덜 깼던 것 아냐?”
“따, 딱히 통째로 다 믿는 건 아니지만, 진짜로 무서웠다니까! 금발 여자가 장난 아니야!”
당황해서 반론하는 카미나리의 모습에, 키리시마가 흥미가 동한 듯이 물었다.
“호오—, 어떤 이야기인데?”
“그게….”
말하기 시작한 카미나리의 목소리에 각각 책상 앞에 앉아있던 바쿠고와 토도로키가 움찔, 하고 반응했다. 바쿠고가 그 즉시 벌떡 일어났다.
“시끄러! 남의 뒤에서 이상한 이야기하지 마!”
여느 때처럼 문을 발로 박차고 나가버리는 바쿠고를 보고 이즈쿠는 은밀히 생각했다.

'혹시 무서웠나…?'

그때, 내내 침묵하고 있던 지로가 머뭇거리며 말하기 시작했다.

"…저기, 실은 나도 들었어. 그 이상한 위—잉, 하는 소리…. 아침까지 계속 나더라."

"거 봐! 역시 진짜로 났던 거라고!"

A반에서 제일가는 소리의 스페셜리스트, 지로의 증언에 카미나리가 의기양양하게 말했다. 그러나 내심, 소리 따위는 아예 안 들은 것으로 하고 싶은 기분이라 심경이 좀 복잡했다.

그것은 카미나리뿐만이 아니었는지, 전원 당황한 듯한 분위기가 흘렀다. 그런 분위기 속에서 이이다가 아이들의 얼굴을 빙 둘러보며 힘차게 말했다.

"하지만 저주인지 어떤지는 차치해두고, 여러 사람이 그 의문의 소리를 들었다면, 이건 심각한 사태야. 어쩌면 기숙사에 결함이 있을 가능성도 있으니까. 소리의 정체를 확인하지 않으면 안 되겠어. 일단은 반장인 내가 오늘 책임지고 깨어있어 볼게!"

그 날 한밤중.

이이다는 자기 방 앞 복도에서 타월 이불을 휘감고 주저앉아, 꾸벅꾸벅 잠귀신과 싸우고 있었다. 그도 그럴 만했다. 평소 같으면 규칙적으로 생활하는 이이다가 깊은 수면에 빠져있을 시간대니까.

“크…, 어이쿠, 안 되지, 안 돼….”

헉, 하고 놀라 여학생들이 가져다준 커피를 졸음을 쫓기 위해 마신다. 이즈쿠 일행은 혼자선 힘들 거라며 교대제로 하자고 제안했지만, 이이다가 반장으로서 모두의 수면을 지켜줘야 된다며 혼자 깨어있기로 한 것이다. 그러나 이이다의 졸음은 커피에도 굴하지 않을 만큼 강력했다.

‘이대로 아무 일도 없어야 될 텐데—.’

꾸벅꾸벅, 하고 또 다시 머리로 노를 저으며 이이다가 그런 생각을 떠올린 바로 그때.

—위이잉….

이이다는 헉, 하고 놀랐다. 익히 들어보지 못한, 희미한 소리가 나고 있었다. 황급히 주위를 둘러보았으나 아무런 이변도 없었다. 그러자 같은 3층에 사는 카미나리, 오지로, 코다가 방에서 튀어나왔다.

"너희들, 깨어있었어?"
깜짝 놀란 이이다를 보며 오지로가 약간 쓴웃음을 지었다.
"그런 이야기를 들었는데 궁금해서 못 자지."
"뭐야, 이 소린?"
카미나리도, 코다도 무서워하며 주위를 둘러보고, 소리의 정체를 찾으려고 복도를 어슬렁거려 보기도 했지만, 특이한 것은 아무것도 눈에 띄지 않았다. 네 사람이 미심쩍은 듯이 서로 얼굴을 마주본 그 순간.
끄아아아악! 나지막이 들린 비명소리.
"미네타의 목소리인가?"
헉, 하고 놀란 카미나리에게 이이다가 고개를 끄덕였다.
"가보자!"
그리고 부리나케 아래 2층으로 이이다 일행이 향하자, 그곳에는 달달 떨며 이즈쿠를 끌어안고 있는 미네타가 있었다. 아오야마와 토코야미도 파랗게 질린 얼굴로 복도에 나와 있었다.
"무슨 일 있었어?!"
"또, 또 이름을 불렀어!!"
"나도 들었어. 미네타의 방문에서 노크 소리가 나더니…."
토코야미와 아오야마도 역시 똑같이 들었다고 말했다. 그 진지한 표정은 그것이 사실임을 말해주고 있었다.
이이다는 아연실색해 중얼거렸다.
"도대체 무슨 일이 벌어지고 있는 거지…?"
그 날 밤, 학급 전원이 그 의문의 소리를 들은 것이다.

"—소리라."
미심쩍은 듯 그렇게 말하는 아이자와의 앞에는, 오늘의 하늘과 똑같이 울적한 표정을 한 학생들이 있었다. 일기예보에 따르면 오늘 밤에는 태풍이 분다고 한다. 시간이 흐를수록 강해져가는 바람이 나무들을 흔들어놓고 있었다.
수면 부족인 학생들은 당연히 수업에 집중하지 못했고, 마지막 종례 시간에 아이자와에게 조용히 야단맞았다. 그러나 아이자와도 한두 명뿐이라면 그나마 이해할 법도 한데, 전원 집중력이 떨어져있는 사태를 기이하게 여겨 이유를 물어본 참이었다.
"그런데 너희들, 설마 저주 같은 비합리적인 걸 믿는 거냐?"
기막혀하는 아이자와에게 야오요로즈가 쭈뼛거리며 대답했다.

“미, 믿는 건 아니지만…그래도 불가해한 사건이 일어나고 있으니….”

마찬가지로 그 소리를 들은 여학생들도 불안해서, 같은 층에 사는 학생들끼리 모여 아침까지 함께 보내야 했다. 이이다가 손을 번쩍 들며 일어섰다.

“선생님! 이건 심각한 사태입니다! 우리의 기반이 되는 생활 공간에 모종의 이변이 일어나고 있다는 사실. 만약 이게 앞으로도 쭉 계속된다면, 우린 수업에 전념할 수 없게 될 겁니다! 일단은 조속한 원인 규명과 사태 해결을 바라는 바입니다!”

“이, 이젠 싫어! 밤마다 누가 내 이름을 부르면 못 자~!! 침대 속이라면 모를까…, 아니, 침대에 들어오면 저주받아 죽겠지…! 하지만 그게 벌거벗은 귀신이라면…아냐, 그래도…!!”

저주와 에로의 틈새에 껴서 흔들리는 미네타가 머리를 부둥켜안았다.

“저주라…. 그러고 보니 유에이에도 그런 이야기가 있었지.”

불현듯 생각난 듯이 말하는 아이자와의 말에 전원 “어?”하고 주목했다.

“정말요?!”

아시도가 물어보자, 아이자와는 여느 때처럼 태연하게 대답했다.

“유에이의 7대 불가사의 중 하나로, 분명…히어로가 되지 못한 졸업생 귀신이 배회하고 다니는데, 그걸 보면 저주받는다는 이야기였어. 종종 학교 뒤편 숲에 나타난다고…. 아아, 딱 지금 기숙사가 지어져있는 근방이구나.”

“어?”

일순 입을 떡 벌린 후, 교실은 아비규환과 같은 소동에 빠졌다.

“혹시 그 귀신이 기숙사 안을 배회하고 다니는 건…!”

“그만해~!!”

“하이츠 얼라이언스는 저주받은 기숙사야!!”

평소 같으면 웃으며 넘길 수 있을 만한 이야기라도, 공포가 만연해 있는 지금은 다르다.

아이자와는 아차 싶었다. 겁을 줄 생각은 없었지만, 아무래도 불에 기름을 끼얹은 모양이다.

“어이, 애들아….”

“기숙사 전체가 저주받은 거라면 아무데도 도망칠 데가 없잖아!”

“소, 소금을 뿌려야 해…!! 앗, 깨소금밖에 없구나…!!”

“어떡하지?! 투명한 나도 귀신이 알아볼까?! 알아보면 싫은데!”

여느 때 같으면 일갈로 잠재웠겠지만, 본인이 연료를 투하했다는 자각이 있어 일단은 진정시켜보려 노력했으나 다 소용없는 짓이었다.

"—너희들, 그만 좀 해라. 응?"

아비규환 속에서도 뼛골에 스며드는 아이자와의 낮고 진지한 목소리는 학생들의 귀에 날아들었다. 공포를 억지로 억누르고, 눈앞의 공포에 바들바들 떨면서도 침묵했다.

그런 학생들을 빙 둘러보더니, 아이자와는 하는 수 없다는 듯이 한숨을 내쉬며 말했다.

"그렇게 소리가 신경 쓰이면 오늘밤 순찰을 돌아주마. 때마침 오늘밤은 태풍이라니까, 그러는 게 합리적이겠지. 점호도 부를 거니까 꼭 방안에 있어."

"서, 선생님…!"

말투는 냉랭하지만, 아이자와의 애정을 느끼고 학생들은 저마다 눈동자가 촉촉해졌다.

UA

저녁부터 내리기 시작한 비는 밤에는 폭우로 변했다. 강풍도 휘몰아쳐서 기숙사 창문은 덜컹덜컹 흔들렸다. 하이츠 얼라이언스는 공사기간 3일의 스피드 시공으로 지어졌지만, 구조는 튼튼했다. 그러나 그 어떤 건물도 자연의 맹위 앞에서는 그저 태풍이 지나가기를 기다리는 수밖에 없다.

아이자와는 기숙사 1층을 찾아왔다. 순찰을 위해서다.

창문으로 밖을 내다보니 세차게 흔들리고 있는 나무들이 지금 당장이라도 부러질 것처럼 휘어있었다. 현관 부근에 있는 외등도 혹여 부러지진 않을까 걱정될 정도였다.

갑자기 쿠르르릉, 하고 낮은 소리가 나는가 싶더니 캄캄한 하늘에 섬광이 스치고 벼락이 내리쳤다.

아이자와는 이 정도 태풍이면 정전도 일어날 수 있겠다고 생각하며, 만약 그렇게 되었을 때를 머릿속으로 상정했다. 비상전원으로 전환되기는 하겠지만, 만약의 사태를 대비해 차단기의 위치, 손전등 등의 장비품은 이미 확인해놓았다.

'가장 큰 걱정은…그 녀석들이지.'

아이자와는 눈살을 찌푸렸다. 교실에서의 아비규환은 실로 목불인견이었다. 영락없는 어린애들이다. 이런데 정전이라도 되는 날에는…이라고 상상만 해도 골이 지끈지끈 아파왔다.

그러나 그 소리에 대해선 아이자와도 신경 쓰였다. 아이들 전원이 들었다면, 기분 탓으로 넘길 순 없으니까.

"도대체 무슨 소리지…?"

아이자와는 그렇게 중얼거리며 문득 주위를 둘러보았다. 뭔가 낌새를 느낀 것이다.

…이…잉….

태풍이 나무나 창문을 흔들어놓는 소리 사이로 기계음이 들려왔다.

'—뭐지…?'

…위이…잉….

아이자와는 그 희미한 소리를 따라 숨을 죽이고 주위를 살펴보았다. 아마도 학생들이 들었을 그 소리에 신경을 바짝 곤두세웠다. 소리는 일정한 방향에서 나는 것이 아니었다. 이동하고 있는 듯했다.

'생물…? 설마….'

그 소리를 뒤쫓아 식사하는 테이블 앞까지 왔을 때였다.

"농담이지…?"

소리를 내고 있는 그것을 본 아이자와의 눈이 경악으로 휘둥그레졌다.

두 번째 벼락이 내리쳤을 때, 이이다는 미네타의 방을 찾아갔다. 토도로키와 사토와 세로도 있었다.

예정된 점호 시간이 되고도 아이자와가 당최 나타나질 않아

기이한 생각이 들어 확인하러 온 것이다.
"안 왔어~, 위쪽부터 돌고 있는 거 아냐?"
오늘도 이름이 불릴지도 모르는 미네타는 쭈뼛거리며 대답했다. 5층에 사는 사토가 "아니, 안 왔어"라고 대답했다.
"이이다, 얘들아."
옆방에서 이즈쿠도 당혹스러운 태도로 나왔다.
"이상하지? 그 아이자와 선생님이 제시간에 안 오다니…."
"무서운 소리 좀 하지 마, 미도리야! 설마 또 합리적 허위라는 건 아니겠지?!"
"우선 선생님부터 찾아보자."
이이다 일행은 줄줄이 1층으로 내려왔다.
"그나저나 태풍이 어마어마하네."
"만약의 경우를 대비해 대피 준비는 해놨어? 다들! 유에이 학생이니, 그런 준비도 완벽하게 해놔야지!"
세로와 이이다가 창문을 때리는 비를 바라보며 이야기하던 바로 그때, 이즈쿠가 헉, 하고 숨을 삼켰다.
"어라? 저기에 누군가…. 아이자와 선생님…?!"
식사 공간의 테이블 부근에 아이자와가 쓰러져 있었다.

"어쩌다 이런 일이…."

야오요로즈가 소파에 누워있는 아이자와를 쳐다보며 심각하게 고개를 흔들었다. 아이자와는 기절해 있었다. 긴급사태에 전원 담화 공간에 집합해 있었다.

"이, 이봐, 아이자와 선생님 목에 금색 머리카락이 엉켜있는 건 아니겠지…? …큭!! 금발…?! 아, 난 또. 내 머리카락이구나…."

카미나리가 겁에 질려서 아이자와의 목을 들여다보려다가 자기 머리카락에 화들짝 놀란 것이다.

"그런 소리 좀 하지 마, 이 바보 낯짝아!"

바쿠고가 통상 운행처럼 소리쳤으나, 그 목소리는 어딘가 경직되어있었다.

"저주인가?! 역시 저주인가…?!"

"그보다 빌런의 습격일지도 모르잖아?! 아이자와 선생님을 기절시키다니…!"

울고불고 하는 미네타에게 반론하는 오지로. 여기저기서 "역시 저주야"라느니, "귀신이야"라느니, "빌런이야"라면서 다들 공포에 휩싸여 있었다.

"진정해!! 진정하라고, 다들—!!"

이이다가 어떻게든 아이들을 달래보려 했으나, 그 목소리는 난장판에 묻혀 별 효과가 없었다. 그때, 츠유가 떠들썩한 틈을

뚫고 여느 때처럼 냉철한 목소리로 말하기 시작했다.

"그보다 지금은 아이자와 선생님에 대해 다른 선생님께 알리는 게 좋지 않을까?"

다들, 츠유의 그 말에 이성을 되찾았다.

"그래, 맞아, 츠유! 분명 선생님 방에 내선이 연결되어있을 테니—."

이이다가 그렇게 말한 순간, 큰 벼락이 내리치더니 다음 순간, 하이츠 얼라이언스는 어둠에 휩싸였다. 정전이었다.

"꺄아악?!"

"하필 이런 때에 정전이야…?"

"큭…, 진정해, 다크 섀도…!"

"야, 토코야미! 다크 섀도 꺼내지 마!!"

"으아아악! 누군가 날 저주로부터 지켜줘!!"

빛을 잃으니, 가까이 있어도 누가 누구인지 잘 모르겠다.

예로부터 인간은 어둠을 두려워하는 생물이다. 본능 속에 잠들어있던 원시적인 공포가, 고조되어있던 긴장감 때문에 단숨에 폭발했다.

"애들아! 진정해!"

"여, 여러분, 진정하세요!"

이이다의 목소리에 헉, 하고 정신을 차린 야오요로즈는, 자신이 할 수 있는 일을 해야겠다며 분기했다. 손전등이라면 '개성'인 창조로 당장이라도 만들어낼 수 있다. 그런데 막상 만들려고 한 그 순간, 발밑으로 무언가 말랑한 물체가 휙 지나갔다.

"꺄아아아악?!"

"그 목소린 야오모모? 왜, 왜 그래?!"

지로가 그녀의 목소리를 듣고 물어보았다. 야오요로즈는 덜덜 떨면서 목청을 높였다.

"뭐, 뭔가가 발 사이로 지나가서…!"

"뭔가라니, 그게 뭔데…꺄앗?! 뭐, 뭔가 있나…?!"

그 대화를 듣고 있던 오챠코의 발밑으로도 무언가가 쌩하니 지나갔다.

"그러니까 그 뭔가가 뭐냐고?!"

반쯤 울먹이는 목소리를 내는 카미나리. 여기저기서 무언가가 돌아다니고 있는지, 사방에서 비명소리가 터져 나왔다.

"누군가 불 좀!"

이이다의 목소리에 이성을 되찾은 카미나리와 바쿠고가 쯧, 하고 혀를 차며 각자의 '개성'으로 어둠속에 순간적으로 빛을 밝혔다. 그 짧은 순간, 허공 속을 재빨리 이동하는 하얀 무언가가 부각되었고, 금세 어둠 속으로 사라졌다.

“——?!”

전원, 소리 없는 비명을 질렀다. 그리고 정적은 한 순간에 붕괴되었다.

“뭐뭐뭐뭐뭐뭐뭐뭐뭐뭐, 뭔가 있었어…!!!”

“귀신인가? 귀신인가?! 귀신이 그런 식으로 생겼나?! 처음 봐서 잘 모르겠어!!”

패닉 상태에 빠진 하가쿠레와 카미나리. 그 옆에서 역시 동요한 토도로키가 분명 근처에 있을 이즈쿠에게 말을 걸었다.

“미, 미도리야…. 귀신에겐 얼음과 불, 어느 쪽이 더 효과적일까…?”

“뭐?! 아니, 그런 건 생각해본 적도 없어서 잘 모르겠지만, 귀신은 차가운 이미지가 있으니까 반대로 불이 아닐까?! 그 이전에 물리적 공격이 안 통할 것 같은데…?! 그 왜, 실체가 없는 게 귀신이니까….”

똑같이 동요하고도 냉정하게 늘어놓는 이즈쿠의 분석에 토도로키는 절망했다.

“! 어떻게 해야 되지…?!”

“이젠 다 틀렸어!! 우린 모두 저주받아 죽을 거야—!! 제기랄! 어차피 죽을 거면 여자들 사이에 껴서 압사하고 싶었는데…!!”

미네타가 그렇게 외친 순간, 현관문이 열렸다. 돌처럼 얼어

붙은 A반 앞에 번갯불과 함께 저벅, 하고 들어온 것은—긴 금발이었다. 그 머리카락에서 뚝뚝 떨어지는 물방울이 한 걸음, 또 한 걸음 학생들 앞으로 다가오고 있었다.

"응…? 너희들—."

금발이 학생들을 알아본 듯 고개를 치켜든 직후.

"금발머리 귀신이다—!!!!!"

그렇게 소리치며 전원 일제히 공격했다. 빌런을 상대로 싸우는 법이라면 배웠지만, 정체를 알 수 없는 상대에 대해선 지식이 제로다. 집단 패닉 상태에 빠진 학생들이 힘 조절 따위를 할 수 있을 리 만무했다. 토코야미의 '개성' 다크 섀도도 튀어 나갔다.

"저 사냥감의 숨통을 끊어놓는 건 나다아앗!!"

"잠깐만…, 저기?!"

금발의 귀신이 낸 목소리는 공격에 휩쓸려 사라졌다. 귀신이 쓰러진 소리가 나자 학생들은 헉, 하고 이성을 되찾았다. 다음 순간, 조명이 복구되었다. 다크 섀도도 "꺄앙!"하며 토코야미의 몸속으로 돌아갔다.

어둠에서 해방되자 자신도 모르게 휴우, 하고 안도하는 학생들. 그러나 아직은 방심할 수 없었다.

주위에는 온통 폭파, 빙결, 화염, 산(酸) 등이 뒤섞여 모락모락 연기가 피어오르고 있었다. 그 연기가 사라지자 쓰러져있는 금발 귀신이 보였다.

"귀, 귀신인데도 사라지지 않았어…."

경악하는 미네타. 미네타의 '개성'인 뚝뚝이도 사방팔방에 흩어져 있었다. 학생들은 미동조차 하지 않는 귀신을 보며 쭈뼛쭈뼛 다가갔다. 축 늘어져 얼굴을 뒤덮은 금발 사이로 금빛 콧수염이 보였다. 말랐지만 체격은 탄탄했다.

"…어? 여자가 아니잖아…? 그보다 어디선가 본 듯한…."

아시도가 귀신의 얼굴을 보더니 고개를 갸웃거렸다. 뒤에서 슬며시 얼굴을 들여다본 지로가 "헉"하고 파랗게 질렸다.

"이 금발, 프레젠트 마이크 선생님이잖아!"

"뭐? …앗—!!"

놀라는 학생들. 늘 하늘을 찌를 듯이 곤두서있는 머리카락이 세팅되어있지 않아, 얼핏 본 것만으론 알아보지 못한 것이다.

"서, 선생님~?! 프레젠트 마이크 선생님~!"

오챠코가 걱정하자, 그 옆에서 지로가 이어폰 잭으로 심장소리를 확인했다.

"괜찮아, 기절한 것뿐이야."

"혹시 정전돼서 보러 와주신 건가? 그랬는데, 죄송한 짓을…."

이이다가 반장으로서 책임감을 통감하고 있을 때, 뒤에서 낯익은 목소리가 들려왔다.

"야, 너희들…."

학생들이 돌아보았다. 아까 그 일제 공격 소리에 눈을 뜬 아이자와가 서있었다. 패닉에서 해방되어 학생들은 크게 안도하며 "선생님~!"하고 아이자와에게 달려갔다.

"금발 귀신이 나온 줄 알고 공격을…!"

"선생님, 도대체 무슨 일이 있었던 겁니까?! 빌런인가요, 아니면 진짜 귀신한테…?"

"하얀 귀신이 기숙사 안에 있어요—!!"

흥분이 식지 않은 학생들에게 아이자와는 "진정해"라고 일갈했다. 조건반사적으로 샥, 하고 자세를 바로잡는 학생들을 앞에 두고, 아이자와는 일단 프레젠트 마이크를 안으로 들이치는 비에 젖지 않는 위치로 이동시킨 다음, 천천히 천장을 올려다보고 왔다갔다하며 무언가를 찾기 시작했다. 기묘한 듯 그를 졸졸 따라가는 학생들. 그 와중에 지로가 헉, 하고 숨을 삼켰다.

"…잠깐만 기다려. 그 위이잉, 하는 소리가 나는데."

"뭐?"라고 놀라는 학생들 앞에서 아이자와는 "…찾았다"라며 무언가를 발견했고, 조용히 천장을 가리키며 츠유에게 말했다.

“아스이, 저 조그만 걸 알아보겠니? 좀 집어다오.”

“…저 까만 물체 말예요? 네, 그럴게요.”

츠유가 혀를 쭉 뻗어 천장에 붙어있던, 자세히 보지 않으면 알아볼 수 없는 크기의 까만 알갱이 같은 물체를 잡아 아이자와에게 넘겼다. 그 물체에서 위이잉, 하는 소리가 나고 있었다.

“이게 바로 내가 기절한 원인이자 미스터리한 소리의 정체야.”

“네엣?”

“천장에 붙어있는 것을 떼어내려고 테이블 위로 올라갔다가 거기에 방치되어있던 행주에 미끄러져서.”

“앗, 나다! 방으로 빨리 돌아가야겠다는 생각에 행주를 까맣게 잊어버렸어!”

데헷, 하고 해맑게 웃는 하가쿠레에게 아이자와는 뭔가 한 마디 해주고 싶은 시선을 던졌으나, “뭐, 일단 지금은 됐고”라며 그 알갱이 같은 물체를 학생들이 잘 볼 수 있게 내밀었다. 눈을 부릅뜨고 그것을 물끄러미 응시하는 학생들. 야오요로즈가 “이걸 쓰세요”라며 창조로 만들어준 확대경을 통해 들여다본다.

그것은 극소 사이즈의 기계였다. 이동용 모터가 달려있고, 이것이 소리의 발생원이었다.

"그런데 왜 이런 물건이…?"

"낯선 기계라면 아마 그거겠지."

아이자와는 그렇게 말하며 여자 목욕탕 입구에 설치되어있는 염탐 대책 보안 아이템 근처의 벽에, 그 극소 사이즈의 기계를 풀어놓았다. 그러자 그 기계는 마치 둥지로 돌아가는 벌레처럼 보안 아이템 속으로 쏙 들어갔다. "충전 중…, 충전 중…"이라는 목소리가 났다.

만든 본인에게 확인해보는 것이 가장 합리적이라며, 아이자와는 파워 로더에게 연락을 취해 하츠메를 바꿔달라고 했다.

"그건 말이죠, 밤중에도 멋대로 순찰을 돌아주는 깜찍한 옵션 아이템이랍니다! 그쪽 기숙사에는 엄청난 변태가 한 분 계시다고 해서, 그 분…어어—…, 성함은 잊어버렸지만, 딱 그 분만, 방안에 제대로 있는지 확인하는 기능도 달아놨어요! 후후후, 대단하죠?!"

그럼 전 베이비의 설계도를 그려야 돼서 이만, 이라며 갑자기 전화를 끊었다.

"쓸데없는 짓을!!"

분개하는 미네타였으나, "저주가 아니라 다행이야~"라며 진심 안도했다.
"그, 그런데 그 하얀 것은?! 다들 봤잖아?!"
그렇게 말하는 카미나리의 옆에서 하얀 물체가 나타났다. 자신도 모르게 카미나리는 비명을 지를 뻔했으나, 그 하얀 물체는 코다의 품에 안겨있는 반려동물, 토끼였다.
"미안해, 방문을 닫아둔다는 걸 깜빡했는지…."
커다란 덩치로 토끼를 꼭 끌어안고 송구스러워하는 코다. 아무래도 방에서 나온 토끼가 모두의 소동에 흥분해 뛰어다닌 모양이다.
"뭐야~, 인생 최초로 귀신 본 줄 알았는데."
성대하게 안도하며 배시시 웃는 카미나리를 보고, 다른 아이들도 그제야 겨우 모든 수수께끼가 풀렸다며 휴우, 하고 서로 웃었다.
"다행이다~~."
"어딜 봐 다행이라는 거야…?"
땅바닥을 기는 듯한 아이자와의 목소리에 전원 "어…?"하고 주위를 둘러보았다.
학생들은 그 말에 새삼 주위 상황을 깨달았다.
현관 부근은 마치 폭탄이라도 떨어진 것처럼 너덜너덜한 상태였다. 문도, 창문도 다 날아가서 비바람이 성대하게 들이치고 있었다.

"아직 지은 지 얼마 되지도 않았는데…. 원인은 괴담이었지? 고작 그 정도로 패닉에 빠지다니…."

휘몰아치는 바람에 머리카락을 나부끼며 붉게 빛나는, 뼛속까지 싸늘해지는 눈빛으로 쏘아보는 아이자와는 영락없는 도깨비였다. 학생들은 직립부동 자세로 공포에 삼켜졌다.

"…내일까지 전원 반성문 제출! 당분간 취침시간은 8시! 앞으로 이 기숙사에선 괴담 금지!! 알았나!"

"네엣…!"

저주도 무섭다. 귀신도 무섭다.

그러나 무엇보다 무서운 것은 진심으로 화났을 때의 아이자와 선생님이라는 사실을 새삼 뼈저리게 느낀 학생들이었다.

Part. 5

어떤 반장의 하루

이이다는 새가 지저귀는 소리를 들은 것 같아 눈을 번쩍 떴다. 어스레한 천장이 하루의 시작을 알리고 있었다.

베개 맡의 자명종 시계를 보니 오늘도 세팅해둔 시각의 5분 전이었다.

'…오케이, 일어나 볼까?'

자명종의 알람을 해제하고, 이이다는 가볍게 기지개를 켜며 일어났다. 헝클어진 이불을 바로잡고, 여느 때처럼 커튼을 열자 베란다 난간에 있던 작은 새가 놀란 듯이 파다닥 날아갔다.

"아아, 미안해."

이이다는 놀래준 것에 대해 가볍게 사과하며 창문을 열었다.

많이 익숙해지기 시작한 유에이의 아침 풍경. 광대한 부지 안은 오늘도 상쾌하다. 아직 기온이 오르기 전의 맑은 공기 속에서 심호흡을 하자, 벌써부터 활력이 샘솟는 것이 느껴졌다.

그러나 너무 여유를 부릴 수도 없었다. 이이다는 창문을 닫고 화장실에서 용변을 본 다음, 칫솔과 타월 같은 세면도구를 챙겨들고 방을 나섰다. 1층 남자 목욕탕의 탈의실에 있는 세면실에서 몸단장을 하기 위해서다.

"또야…?"

그러나 세면실을 찾아온 이이다는 실내를 보고 얼굴을 찡그렸다.

군데군데 탈의용 바구니가 어질러져 있고, 비품인 티슈 등이 정해진 곳과 다른 자리에 놓여있고, 누군가는 칫솔을 놓고 갔다.

이이다는 "으이그…"라며 한숨을 내쉬고는, 바구니를 바로 잡고, 티슈를 돌려놓고, 칫솔을 세면실 눈에 띄는 자리에 갖다 놓았다.

물론 발 디딜 곳도 없을 만큼 어질러져 있는 것은 아니다. 오히려 많은 남학생들이 사용하고 있다는 것을 감안하면 귀여운 수준이다. 그래도 성실함이 옷을 입고 걸어 다니는 듯한 이이다의 감각으로 따진다면, 어질러져 있는 쪽으로 분류된다.

'생활공간의 난잡함은 정신적 난잡함으로 연결된다. 좀 더 깨끗하게 사용해야 해….'

몇 번을 타일러도 고쳐지질 않아, 기숙사 생활이 시작된 뒤로 이이다는 줄곧 답답함을 느끼고 있었다.

개선책을 강구하면서 세수를 하고, 양치질을 하고 있는데 쇼지와 코다가 찾아왔다.

"잘 잤어? 쇼지, 코다."

"오늘도 빨리 나왔구나? 반장."

잠자리에서 일어난 직후에도 평소와 다를 바 없는 쇼지 뒤에서, 코다는 멍하니 졸린 듯이 고개를 까딱 숙였다. 이 두 사람도 나름 빨리 일어나는 부류에 들어가서 아침에는 이렇게 얼굴을 마주하는 경우가 많다.

"아참, 이 칫솔은 누구 건지 몰라? 누군가 놓고 간 것 같은데."

쇼지와 코다는 그가 가리킨 칫솔을 바라보며 생각했다.

"…카미나리일지도 몰라. 저런 색깔의 칫솔을 사용했던 것 같기도."

"그래? 고마워, 쇼지. 가서 깨우는 김에 물어볼게. 그럼 이만."

이이다는 세면실을 뒤로 하고 떠났다. 3층으로 돌아가자 오지로가 타월 등을 들고 하품을 하며 나오는 길이었다. 꼬리털이 약간 뻗쳐있는 것은 자다가 눌린 건가?

"잘 잤어? 오지로."

"안녕~."

이이다는 방으로 돌아가 교복으로 갈아입었다. 입고 있던 파자마는 세탁용 바구니에 가볍게 개서 넣어둔다. 창문이 잠겼는지 체크하고, 커튼을 닫는다. 오늘 수업에 사용할 교과서를 어제 미리 넣어둔 가방을 들고 방을 나선다.

그리고 엘리베이터를 타기 전에 카미나리의 방을 노크했다.

"카미나리! 일어났어? 이제 슬슬 일어나야 될 시간이야!"

잠시 후, 안에서 소리가 나더니 "잘 잤어~…?"라는 목소리와 함께 문이 열렸다. 늘 아슬아슬하게 일어나는 카미나리를 걱정하며 아직 안 일어났을 때는 꼭 깨워주고 있다.

"잘 잤어? 카미나리! 그러고 보니 혹시 칫솔을 세면실에 두고 가지 않았어?"

"후암~…. 어? 아~, 놓고 온 것 같기도."

잠이 덜 깬 눈동자로 "이예~이"라며 고개를 끄덕이는 카미나리. 이이다는 또 다시 1층으로 내려가 식당으로 향했다.

런치 러시 선생님이 아침 일찍 만들어준 식사는 이미 기숙사에 배달되어있었다. 일식과 양식 중에 고를 수 있다. 참고로 저녁도 런치 러시 선생님이 만든 음식이 각 기숙사로 배달되는 시스템이다.

이이다가 된장국을 푸고 있는데, 쇼지와 코다, 토코야미, 야오요로즈, 지로 등이 찾아왔다. 인사를 마치고 각자 좋아하는 쪽을 골라 테이블에 앉았다.

"후아아암~…, 졸려…."

"네에…. 하웅…."

이이다 앞에 앉은 지로와 야오요로즈가 둘이서 세트로 하품을 한다.

"왜 그래? 수면 부족이야?"

"응—…. 어제 좀."

"어제? 무슨 일 있었어?"

되묻는 이이다에게 두 사람은 헉, 하고 숨을 삼켰다.

"어, 어제…밤늦게까지 책에 몰두하는 바람에…."

"아—…. 난 음악 좀 듣느라…."

어딘가 어색한 두 사람을 보며 이이다는 고개를 살짝 갸웃거렸다. 그 옆에서 토코야미가 어흐흠, 하고 헛기침을 한 뒤, 난처한 듯 찡그린 표정으로 입을 열었다.

"…역시 아침은 일식이지."

"…그래, 맞아, 토코야미. 이렇게 맛있는 밥을 아침부터 먹을 수 있다니, 런치 러시 선생님께 감사해야 해!"

뜬금없는 화제에 이이다는 갑자기 왜 저러나, 라고 일순 생각했으나, 눈앞에 있는 맛있는 아침식사에 감동하는 것도 당연한 일이지, 라며 이내 납득했다.

쌀 한 톨 남김없이 밥을 깨끗이 비우고, 이이다는 잘 먹었습니다, 라고 한 뒤 "그럼 먼저 가볼게"라며 홀로 한발 먼저 기숙사를 나섰다. 나오자마자 바로 눈에 들어온 것은 파릇파릇한

녹음과, 유리에 푸른 하늘을 비추며 우뚝 서있는 우리의 배움터. 이이다는 학교건물을 향해 빠릿빠릿하게 걸어갔다.

기숙사에 들어와서 좋은 점은 역시 학교까지 가는 거리가 짧아졌다는 점이다. 본가에서 다니던 때의 이동시간도 생각이나 공부를 할 수 있는 유익한 시간이었지만, 단축된 시간만큼 체력적으로도 편해졌고, 그만큼 다른 일에 할애할 수도 있기 때문이다.

아이자와 선생님이 늘 말씀하시는 대로 시간은 유한하다. 유익하게 사용하지 않으면 안 된다.

눈 깜짝할 사이에 교실에 도착한 이이다는 세면실을 둘러볼 때처럼 교실 안을 둘러보고 얼굴을 찡그렸다. 군데군데, 의자 등이 헝클어져 있었다. 이것은 입학했을 때부터 우려했던 일이다.

'의자의 난잡함은 태도의 난잡함. 의자는 학교 비품이니 조심스럽게 다뤄야 해.'

항상 크게 헝클어져 있는 것은 바쿠고의 의자다.

"으이그…."

이이다는 여느 때처럼 의자 위치를 정돈하고, 청소 용구함에서 빗자루와 쓰레받기를 꺼내왔다. 그리고 삭삭삭, 청소하기 시작했다. 아이들도 깔끔한 교실에 있어야 공부에 전념할 수 있지 않겠는가? 그리고 교단도 깨끗하게 빨아서 짠 걸레로 닦는다. 선생님들도 기분 좋게 수업할 수 있게 해드려야 한다. 이것이 반장으로서 이이다의 일과였다.

말끔해진 교실을 바라보며 이이다는 만족스러운 미소를 지었다.

'오늘도 유익한 하루로 만들자.'

조용한 교실에서 이이다는 홀로 자습을 개시했다. 밤에는 잠을 푹 자주고, 오전 중에 공부하는 편이 몸에도, 뇌에도 효율적이다.

의외로 진도가 잘 나가 문득 시계를 쳐다보았다. 조례 3분 전이었다.

"다들 늦네…."

평소 같으면 모두 진즉에 교실에 와있을 시간이다. 그런데 오늘은 아직 아무도 오지 않았다.

이이다는 걱정스러운 듯 고개를 갸웃거렸다. 아침에 마주친 멤버들은 이미 오고도 남았어야 될 시간이다.

시간은 시시각각 흘러갔다. 이이다가 이게 무슨 일인가, 라고 걱정하며 애태우고 있는데 멀리서 몹시 소란스러운 발소리가 대거 들려왔다.

"얘들아!"

이이다를 제외한 A반 전원이 힘차게 교실로 뛰어 들어왔다.

"다, 다행히 안 늦었다…."

"컥…. 아침부터 전력 질주했더니 힘들어~."

어깨로 가쁜 숨을 몰아쉬며 말을 토해내는 키리시마와 아시도.

"뭐 하다 온 거야? 이제 좀 있으면 조례 시작될 시간인데!!"

걱정된 나머지 팔을 좌우로 붕붕 휘두르며 묻는 이이다를 보고, 전원 순간적으로 멈칫, 하고 멈추었다. 그리고는 무슨 이유인지 어색하게 "그게, 말이지", "응…?"이라며 말을 못 하고 웅얼거렸다. 오챠코가 "그건 말이야…!"라면서 이이다 앞에 나섰다.

"B가 나타났어."

"B라면…?"

"부엌 같은 곳에 자주 나타나는 시커먼 그 녀석…."

"아아! 바퀴…."

"이름을 입 밖에 내기도 끔찍한 그 녀석이 나타나서…다 같이 퇴치했어…!"

스나이퍼처럼 수상쩍은 표정으로 이이다를 빤~히 쳐다보는 오챠코. 그 박력에 이이다는 순간 위축되었으나, 곧 그 어깨를 덥석 잡았다.

"그건 미처 도와주지 못해 미안하게 됐다! 너희도 고생이 많았구나!"

이이다가 그렇게 말하자 다들 휴우, 하고 안도한 듯 각자 자리로 이동했다. 이즈쿠와 토도로키가, 이이다에게 어딘가 피곤한 듯한 목소리로 인사했다.

"안녕, 이이다."

"여어."

"좋은 아침이다, 미도리야, 토도로키. 둘 다 아침부터 피곤했겠어."

"훗, 아니야, 그런 건…. 그치? 토도로키!"

"…으응."

그렇게 말하며 자기 자리로 향하는 두 사람. 이이다는 그런 두 사람을 바라보며 작은 위화감을 느꼈다. 그러나 그런 위화감을 마음속으로 읊조리기도 전에 "자, 그럼 나도—"라며 이이다 뒤에 있는 자기 자리로 이동하려던 오챠코의 머리카락을 발견했다.

"우라라카! 머리카락 뻗쳤어."

"뭐? 우앗, 정말? 어제 늦게 자는 바람에."

허둥지둥 손가락으로 머리를 빗질하며 그렇게 말하는 오챠코에게, 이이다는 "응?"하고 뭔가 찜찜한 느낌을 받았다.

분명, 야오요로즈와 지로도 어제는 밤에 늦게 잤다고 했다.

"뭘 했는데?"

"그건…!"

오챠코가 파앗, 하고 자기 손으로 제 입을 틀어막았다.

"우라라카?"

"…아, 아무것도 아니야! 왠지 모르게 그냥, 왠지 모르게 그냥 잠이 안 와서!"

그때, 정확한 시간에 문이 열리고 아이자와가 들어왔다. 다들 순식간에 자리에 앉아 자세를 바로잡았다.

이이다는 이것저것 마음에 걸리는 일들이 있었으나, 생각은 나중에 하기로 했다.

조례가 끝나면 곧바로 1교시 수업이 시작된다. 수업이 시작되면 수업에 집중하지 않으면 안 되기 때문이다.

눈 깜짝할 사이에 4교시째도 끝나고 점심시간이 되었다.

이이다는 여느 때처럼 이즈쿠, 토도로키와 함께 식당 '런치 러시의 밥집'으로 갔다. 수많은 유에이 학생들의 위장을 저렴한 값에 가득 채워주는 대규모 학생식당이다. 오늘도 대 혼잡이었다. 세 사람도 떠밀리듯 줄을 섰다.

"그나저나 기숙사 생활이 시작되면서 런치 러시 선생님, 너무 바쁘시겠어."

"응, 런치 정도가 아니지."

이이다와 토도로키의 대화에 이즈쿠가 으~음, 하고 고개를 갸웃거렸다.

"그렇게 되면 히어로명을 개명해야 되나? 올 타임 러시 선생님이라든가?"

"아니, 그 부분은 정확히 브렉퍼스트, 런치, 디너를 채용해야 되지 않을까? 줄여서 BLD 러시 선생님이라든가."

"오오, 왠지 새로운 샌드위치 이름 같아."

"아니, 애당초 그렇게 쉽게 개명할 순 없겠지."

그런 대화를 나누고 있는 세 사람의 약간 앞쪽에는 3학년 토오가타 밀리오와 아마지키 타마키, 하도 네지레가 서있었다. 통칭 유에이 빅 3다.

"아아…, 왜 항상 이다지도 혼잡한 것일까…? 괴로워…, 돌아가고 싶어. 최소한 교실 구석탱이에서 먹고 싶다….”

빅 3라고는 상상할 수 없을 만큼 쭈뼛거리는 태도로 고개를 푹 숙이고 있는 아마지키에게, 하도가 천진난만하게 말했다.

“그거, 1학년 때부터 해온 말이잖아! 왜 적응이 안 되는 건지 신기해! 그치?! 토오가타, 뭐 먹을지 정했어? 난 있지—, 아침부터 중화 냉면이 먹고 싶었어! 알고 있었어?”

“난 라면이지! 오케이, 차슈는 곱빼기로! 타마키, 너도 한 장 줄게!”

호감 주는 미소를 지으며 밀리오가 말하자, 아마지키는 중얼거리듯 답례했다.

“고마워…. 돼지라…. 코가 강하지.”

“아마지키, 얘, 얘! 메뉴 정했어? 곧 우리 순서야! 몰랐어?”

“아…, 음…. 어떡하지…?”

“타마키, 봉골레 있다! 바지락!”

“그것 먹을게….”

빅 3는 각자 주문한 요리를 받아들고 이즈쿠 일행의 옆으로 지나갔다. 그들로부터 직접 히어로 인턴에 대한 설명을 듣게 되는 것은 좀 더 나중 일이다.

이즈쿠 일행의 순서가 돌아와 각자 주문한 요리를 받아들었다. 메뉴는 풍부하지만, 항상 자신이 좋아하는 음식에 안착하게 된다. 이이다는 비프스튜, 이즈쿠는 돈가스덮밥, 토도로키는 메밀국수다. 참고로 이이다는 오렌지 주스도 곁들였다.

"야, 나도 같이 먹어도 돼?"

토도로키, 이이다, 이즈쿠 순서로 테이블에 앉았을 때, 사토가 찾아왔다.

"무…."

"물론이지! 그치? 이이다!"

"으응…."

이이다가 대답하기도 전에 덥석 물다시피 이즈쿠가 대답했다. 사토는 세 사람의 맞은편에 앉았다.

이이다는 비프스튜를 먹으면서 오늘 아침 일을 떠올렸다.

"아참참, 애들아! 탈의실을 좀 더 깨끗하게 사용하려면 어떻게 해야 될 것 같아? 아침에 세수하러 가면 자꾸만 어질러져 있는 게 신경 쓰여서."

"그렇게 많이 어질러져 있어?"

고개를 갸웃거리는 사토를 보며 이이다는 고개를 끄덕였다.

"응, 바구니가 삐딱하게 놓여있기도 하고. 한 사람, 한 사람 조심하면 될 일인데…."

"으~음, 주의 표지판을 붙여보는 건 어때?"

"바구니 밑에 자석이라도 붙여놓으면 자동으로 원래 자리로 돌아가지 않을까?"

이즈쿠와 토도로키도 먹으면서 의견을 내놓았다. 이것도 아니다, 저것도 아니다, 라고 이야기하던 중, 갑자기 사토가 정색하며 "그, 그러고 보니 말이야—"라면서 이이다를 향해 입을 열었다.

"이이다 너, 혹시 못 먹는 것 있어…?"

"싫어하는 음식 말이야? 아니, 가리는 건 딱히 없는데."

"…그럼 알레르기 같은 것은?"

"아니, 그런 것도 딱히 없어."

"그래?! 다행이다!"

만면에 미소를 짓는 사토를 보며 이이다도 덩달아 방긋 미소를 지었다.

"그래, 고마워! 그런데 그런 건 왜 물어보는 거야?"

그러자 사토와 이즈쿠가 움찔, 하고 굳어버렸다. 이를 기묘하게 여기고 있는데, 옆에서 국수를 후루룩—흡입하고 있던 토도로키가 고개를 들었다.

"그건 네—."

"토도로키…!!"

"우풉."

토도로키가 무언가 말하려던 순간, 그 즉시 이즈쿠가 튀어나와 입을 가리듯이 막았다. 힘이 넘쳐 뒤로 나가떨어질 뻔한 두 사람을 이이다가 재빨리 부축했다.

"왜, 왜 그래? 미도리야!"

"아, 아무것도 아니야! 여기, 입가에 파가 묻어있길래 신경 쓰여서…. 그치? 토도로키!"

"으응…, 미안해. 국수 먹느라 깜빡했지 뭐야…."

"? 깜빡하다니, 뭐를?"

"아아아, 아무것도 아니야! 그치? 토도로키…!"

"으, 으응…. 깜빡하고 파를 묻히고 있었지 뭐야…."

"……."

명백히 어색한 이즈쿠와 토도로키를 보며 이이다는 눈살을 찌푸렸다. 오늘 아침부터 줄곧 위화감이 계속되고 있다는 것을 새삼 깨달은 것이다.

가령, 우연히 늦은 시간까지 깨어있었다는 야오요로즈와 지로와 오챠코. 돌이켜 생각해보면 츠유와 아시도와 하가쿠레도 쉬는 시간에 졸리다며 하품을 했다.

그리고, 지금의 이즈쿠 일행처럼 어딘가 어색한 급우들의 태도.

특히나 이즈쿠와 토도로키는 아무리 봐도 확실히 이상한 것 같다. 감정이 얼굴에 드러나는 이 친구들은 태도로 거짓말을 못 한다.

그렇게 생각하고 보니, 아침에 자기만 쏙 빼놓고 전원 늦게 온 것도 좀 이상하다.

'…혹시 내가 무의식중에 뭔가 잘못한 것 아닌가?'

갑자기 급우들의 태도가 변한 원인을 생각하다가, 이이다는 그런 결론에 도달했다.

아까 토도로키가 말하려다 만 "그건 네—"의 뒷말이 왠지 "탓이다"인 것 같았다.

싫어하는 음식을 물어보는 것이 자기 탓이라는 점과는 왠지 연결이 잘 안 됐지만, 이이다는 이미 마이너스 사고로 빠졌기 때문에 자꾸만 "탓이다" 쪽이 설득력 있게 다가왔다.

'다른 애들과 소원해질 만한 짓을…. 뭐지?! 내가 도대체 무슨 짓을 저지른 거지…?!'

이이다는 기억을 더듬으며 필사적으로 떠올렸다.

바쿠고에게 문을 발로 열지 말라고 거듭 주의를 준 일인가? 아니면 밤에 목욕을 마치고 장시간 거울을 점령하고 있는 아오야마에게 주의를 준 일인가? 미네타에게 담화 공간에 야한 잡지를 들여오지 말라고 지적한 일인가? 욕조에서 헤엄쳤다고 주의를 준 일인가? 다 같이 사용하는 목욕탕을 다크 섀도가 신이 나서 거품투성이로 만들었다고 나무란 일인가? 아니면, 카미나리 일행이 보디 샴푸를 몸에 바르고 컬링 놀이 하는 것을 금지시킨 일인가?

'그리고 또….'

돌이켜 생각해보니 끝이 없었다. 아까 탈의실에 대한 이야기도, 잔소리처럼 들렸을지도 모른다. 평소에는 좀 더 맛있게 느껴지던 비프스튜가 왠지 맛이 없어진 것 같았다.

"이이다? 저기…괜찮아?"

갑자기 입을 꾹 다물어버린 이이다를 이즈쿠가 걱정스러운 듯 들여다보았다. 이이다는 그 얼굴을 보고 헉, 하고 정신을 차렸다.

"…아니, 아무것도 아니야. 괜찮아!"

진심으로 걱정해주는 친구의 표정 정도는 알아볼 수 있었다. 그래서 이이다는 고개를 끄덕이고 비프스튜를 끝까지 먹었다.

'…확실한 것도 없으면서 아이들을 의심하는 건 부끄러워해야 마땅한 일이야. 그래, 분명 내 생각이 지나친 걸 거야.'

그러나 이이다의 걱정은 오후 수업이 끝났을 무렵에는 확신으로 변해있었다.

시간이 흐를수록 데면데면한 태도는 더욱 역력해지고, 아이들의 말수도 줄어든 것이다. 평소에는 눈치 따윈 보지 않고, 떠들고 싶은 대로 실컷 떠들었는데. 물론, 아이자와에게 주의를 들었을 때는 별개지만.

그리고 그런 분위기는 기숙사로 돌아오고 나니 더더욱 현저해졌다.

저녁식사도 다들 어색하게 끝마치고, 잽싸게 자리를 떴다.

'역시 이상해….'

그럼에도 이이다는 이 분위기를 어떻게든 풀고 싶어서 일찌감치 목욕을 하기로 했다. 평소에는 좀 더 늦은 시간대에 씻으러 가는데, 알몸의 교류라면 서로 허심탄회하게 이야기할 수 있을 거라 여긴 것이다.

탈의실로 가보니, 남학생들은 대부분 목욕탕에 들어가 있는 듯했다. 이렇게 시간이 겹치다니 별 일도 다 있군, 이라고 여기며 옷을 벗고, 목욕탕 입구에 섰다. 그러자 안에서 왁자지껄 이야기하는 목소리가 들려왔다.

"여기선 역시 미도리야나 토도로키가 나서야지."

"아~, 으응, 그래야겠지."

"…책임이 막중하네."

키리시마의 목소리에 대답하는 이즈쿠와 토도로키의 목소리.

'둘이서 뭔가 중요한 일이라도 하려는 건가…?'

이이다가 그렇게 생각하며 뜻을 굳히고 미닫이문을 열었다. 그것을 깨닫기 전에 카미나리가 이즈쿠 일행의 뒤를 잇듯이 말했다.

"이이다가 얼른 자기 방으로 돌아가 줘야 될 텐데—."

"어…?"

"이이다?"

서있는 이이다를 보고 남학생들이 화들짝 놀랐다. 카미나리는 아뿔싸, 라는 듯이 욕조에 얼굴을 반쯤 담갔다. 조금 전까지 그토록 시끌벅적하던 것이 마치 거짓말처럼, 목욕탕은 쥐 죽은 듯 고요했다.

'…역시 내가 뭔가….'

이이다는 자신을 고무시키듯이 용기를 내어 말을 걸었다.

"…내, 내 이야길 하는 것 같던데."

"아, 아니, 아무것도 아니야! 아—…, 현기증 난다! 이제 슬슬 나가볼까!"

"그, 그래!"

그렇게 말하면서 남학생들은 잇달아 허둥지둥 목욕탕 밖으로 나갔다. 이즈쿠 일행도 어색한 듯 "그럼 먼저 나가볼게"라며 떠나버려서 결국 이이다만 홀로, 그 넓은 목욕탕에 덩그러니 남겨졌다.

이이다는 말없이 몸을 씻은 뒤 욕조에 몸을 담갔다. 홀로 들어온 커다란 욕조는 바다처럼 넓게 느껴져, 마치 표류자처럼 불안한 기분이 들었다. 아직 기숙사에 들어온 지 얼마 되지도 않았는데, 누군가와 함께 씻는 것이 평범한 것이 되어버린 일상을 깨달았다.

이이다는 최악, 하고 온수를 얼굴에 끼얹고 일찌감치 목욕탕을 떠났다.

"…미도리야, 잠깐 나 좀 볼래?"

"어? 아, 으응…!"

아이들과 담화 공간에 있던 이즈쿠를 자기 방으로 불러 들였다. 이즈쿠는 어딘가 긴장한 듯한 눈치였다.

"미안해, 토도로키랑 볼일이 있는 거지?"

"어? 왜?"

"아까 목욕탕에서 들었어…."

"아, 아냐, 그건 괜찮아! 아무것도 아니야!"

당황하는 이즈쿠를 보며 이이다는 미간에 깊은 주름을 잡았다. 아무것도 아니라는 말을 오늘만 대체 몇 번을 들었는지 모른다. 그리고 아무것도 아니라고 하는 경우, 대부분 진짜로 아무것도 아닌 경우는 별로 없다.

"미도리야, 친구로서 솔직하게 말해주길 바라. 내가—혹시 아이들에게 뭔가 미움 받을 만한 짓이라도 한 거야…?"

진지한 이이다를 보고 이즈쿠는 "뭐?"라며 눈이 휘둥그레졌다.

"알고 있어, 아이들의 태도가 좀 이상하다는 건…. 그 원인을 확실하게 알아두고 싶어. 만약 나한테 뭔가 나쁜 점이 있다면 고칠게. 그러니까—."

"그런 게 어디 있어!"

"하지만."

"정말이야, 그런 것 절대 아니야!"

단호하게 잘라 말하는 이즈쿠를 보며 약간 안도하는 이이다. 그러나 이즈쿠는 벽에 걸린 시계를 보더니 헉, 하고 놀랐다. 그리고는 허둥대며 계속 말했다.

"이이다의 지나친 생각이야. 분명 피곤한 것 아닐까?! 틀림없이 그래서일 거야! 자, 오늘은 그만 일찌감치 자는 게 좋겠어…!!"

이이다도 시계를 바라보았다. 그러나 자기에는 역시 너무 이른 시간이었다.

"아니, 그래도 아직 졸리지 않은데—."

"괜찮아! 누우면 틀림없이 졸음이 쏟아질 거야! 자, 얼른 누워…!"

"그, 그래."

이즈쿠가 반강제로 침대에 눕히고 이불을 덮어준다. "그럼 잘 자!"라며 방의 불까지 끄고 이즈쿠는 질풍처럼 나가버렸다.

"……."

이이다는 일단 눈을 감고 졸음을 기다려보았으나, 역시 잠이 오지 않았다.

"……아."

눈을 번쩍 뜨고 캄캄한 천장을 바라보다가, 아까 이즈쿠의 행동과 목욕탕에서 들어버린 카미나리의 말이 연결되고 말았다.

'내가 그렇게 꼴도 보기 싫은가…?'

유에이에 들어와서 개성 넘치는 급우들을 만났다. 자신의 나약함을 알게 되었고, 존경할 만한 친구들도 생겼다. 매일이 너무도 유익해서 더더욱 정진하고자 노력해 왔다. 반장이 된 이

후로는 최선을 다 해왔다고 딴에는 자부하고 있었다. 모두를 좋은 방향으로 인도해야 된다고.

아이들이 자신을 꼴 보기 싫어하는 진짜 이유는 잘 모르겠다. 그러나 반장으로서 모두에게 마음 썼던 일들이 그들에겐 짜증나게 느껴졌을지도 모른다.

—정말이야, 그런 것 절대 아니야!

이이다의 머릿속에서 아까 이즈쿠가 한 말이 되살아났다. 그것은 친구의 진심에서 우러난 말이었다.

'—이대로는 안 되겠어.'

이이다는 벌떡 일어나 방을 나섰다.

설사 그들이 자신을 꼴 보기 싫어하더라도 이이다는 급우들 모두가 좋았다. 물론 나쁜 점도, 탐탁지 않은 점도 있다. 그러나 이제껏 다양한 일들을 함께 극복해온 동료들인 것이다. 도무지 싫어할 수가 없다.

앞으로도 함께 헤쳐 나가고 싶었다. 그러려면 아이들과 대화를 나눠야 한다.

이이다는 그렇게 결심하고 엘리베이터에 올라탔다. 내려가는 층수의 표시와 더불어 긴장감이 커져가는 이이다. 1층에 도착하고 문이 열렸다. 그런데 그곳에는 뜻밖의 인물이 서있었다.

"아앙?"

의아한 표정으로 그를 쏘아보는 것은 바쿠고였다. 때마침 자기 방에라도 돌아가려는 참인가 보다. 바쿠고는 올라탈 기미도 없이 잠시 생각에 잠긴 듯 이이다를 빤히 노려보았다.

이이다는 "바쿠고, 나 내리고 싶은데…"라고 말하려다가, 바쿠고가 제 발로 물러설 리 없다는 것을 깨달았다.

"바쿠고, 엘리베이터는 우선 내릴 사람이 먼저 나가는 게 현명해. 내리기 전에 올라타면 엘리베이터 안에 혼란이 발생할지도 모르잖…."

그러나 이이다는 헉, 하고 입을 다물었다. 상대를 위한답시고 본능적으로 설교 같은 소리를 늘어놓는 자신을 발견한 것이다.

엘리베이터에서 조금 떨어진 잡담 공간에서 아이들의 시끌벅적한 목소리가 들려왔다.

"오오—, 대박! 가게에서 파는 물건 같아!"

"와아~, 맛있겠다! 역시 사토!"

'지금부터 다 같이 사토가 만든 케이크라도 먹으려는 건가…?'

굳게 결심했던 마음이 아이들의 즐거운 목소리에 풀어지려 하고 있었다. 이이다가 입을 꾹 다물고 있자 엘리베이터 문이 닫히려 했다.

턱. 바쿠고가 그 문을 손으로 막고 올라탔다. 그리고 닫는 버튼을 눌렀다.

"앗, 바쿠고, 난 내릴 건데…."

"야, 네 방은 몇 층이야?"

이이다가 기억을 못 하나, 라고 생각하며 3층이라고 대답하자 바쿠고는 쯧, 하고 혀를 차면서 3층과 자기 방이 있는 4층 버튼을 눌렀다.

"어?"

올라가는 엘리베이터 속에서 바쿠고는 이이다에게 툭 내뱉듯이 말했다.

"네가 1층에 있으면 방해된다고. 빌어먹을 안경잡이는 방에서 공부나 해."

엘리베이터가 3층에 도착했다. 이이다는 아무 반박도 하지 못하고 천천히 엘리베이터에서 내려 자기 방으로 돌아갔다.

1층에서 들려오던 아이들의 즐거운 목소리와 바쿠고에게서 들은 말이 딱 맞아떨어진다고 생각했기 때문이다. 또 다시 목욕탕 때처럼 쥐 죽은 듯 고요해질 거라 생각하니, 그 한 걸음이 너무도 무거워졌다. 아이들을 방해하는 것은 자신의 본의가 아니다.

그때, 책상에 놓여있던 휴대폰이 울렸다. 엄마로부터 온 전화였다.

"—여보세요, 엄마."

『텐야. 좀 어떠니? 기숙사 생활은 이제 익숙해졌고?』

"…네에."

웅얼거리듯 말하는 아들의 목소리에 엄마는 무언가를 감지한 듯이 조용한 목소리로 말했다.

『그래…? 아직은 시작된 지 얼마 안 됐으니까.』

이이다는 더 이상 말했다간 괜한 걱정만 끼칠지도 모른다는 생각에 화제를 바꾸었다. 그러자 전화기 너머에서 『무슨 소리를 하는 거니』라며 황당한 목소리가 돌아왔다. 그것이 무슨 뜻인지 알아듣지 못하고, 이이다는 잠시 생각하다가 헉, 하고 놀랐다.

"설마 형한테 뭔가—."

『텐세이는 순조롭게 회복되고 있어. 괜찮아.』

이이다가 휴우, 하고 안도한 것도 잠시, 갑자기 방의 불이 훅 꺼졌다.

"큭?!"

『오늘은 네….』

"미안해요, 엄마! 정전 됐나 봐요! 그쪽은 아무 일도 없어요?!"

『어? 으응, 괜찮아.』
"죄송하지만, 일단 끊을게요!"

그렇게 말하고 전화를 끊은 뒤, 이이다는 손으로 더듬거리며 방에서 나왔다. 복도도 불이 꺼져있었다.
'또 정전이야…? 지난번처럼 태풍이 부는 것도 아닌데…. 우선 모두의 안전을 확인해야겠다…!'
간신히 엘리베이터에 도달했다. 어쩌면 움직이지 않을지도 모른다고 생각했으나, 무슨 이유인지 엘리베이터는 움직였다. 비상전원으로 전환된 거겠지, 라고 생각하며 이이다는 1층 버튼을 눌렀다.
일순, 아까처럼 걸음이 무겁게 느껴지는 기분이 되살아났지만, 곧바로 마음을 다잡았다.
'지금은 비상사태야. 내 감정은 일단 덮어두자. 난 A반의 반장이니까.'
그리고 1층에 도착했다. 1층도 역시 캄캄했으나 쥐 죽은 듯 고요했다.
'다들 아직 1층에 있을 줄 알았는데…그 후에 바로 방으로 돌아갔나?'
그런데 그때, 담화 공간 쪽에서 오챠코의 비명소리가 들려왔다.

"꺄아악!!"

"우라라카?! 무슨 일이야?!"

"사, 살려줘, 이이다! 빨리! 이쪽!"

"기다려! 바로 갈게!"

이이다는 기억과 감각에 의지해 담화 공간 쪽으로 향했다.

'혹시 빌런?! 그렇다면 어떻게 대처하는 게 최선일까…? 아냐, 지금은 무조건 우라라카부터 구해야 해…!'

조급한 마음속에서 이이다의 발에 뭔가 말랑한 것이 닿았다. 담화 공간에 있는 소파였다.

"우라라카, 어디 있어?!"

"여기야."

라며 평소처럼 명랑한 오챠코의 목소리가 난 순간, 파앗, 하고 1층에 불이 들어왔다.

"너희들…?!"

눈앞에 있는 것은 바쿠고와 사토를 제외한 급우 전원이었다. 담화 공간의 한편이 풍선과 종이로 만든 꽃 등으로 알록달록하게 장식되어 있었다. 그리고 이이다의 맞은편 창문에 늘어져 있는 롤스크린에는 큼지막한 글자가 붙어있었다.

그 글자를 다 같이 웃으며 외쳤다.

"이이다, 생일 축하해~!!"

그리고 다들 손에 들고 있던 폭죽을 일제히 터트렸다. "엇"하고 그 소리에 놀란 토도로키만 혼자 뒤늦게 폭죽을 터트렸다.

소스라치게 놀란 이이다에게 선명한 종이 꽃보라가 나풀나풀 쏟아졌다. 이이다는 나지막이 중얼거렸다.

"생일…. 그랬구나, 까맣게 잊고 있었어…."

'그래서 엄마가 전화를….'

그런 이이다에게 모두가 달려왔다. 오챠코가 기쁜 듯이 헤헤, 하고 웃었다.

"아자! 서프라이즈 성공!"

"아침부터 얼마나 조마조마했는지 몰라요. 이이다가 떠나고 나서 다 같이 순서 확인하다가 지각할 뻔하고…."

이제야 겨우 안심한 듯 가슴을 쓸어내리는 야오요로즈를 보며 지로가 "그러게"라며 쓴웃음을 지었다.

"이 장식, 우리가 어젯밤부터 준비했어!"

아시도의 말에 츠유가 방긋 웃었다.

"제때 끝나서 다행이야, 개굴."

"이이다가 방으로 돌아가고 나서, 다 같이 초특급으로 장식했지."

그렇게 말하는 오지로의 옆에서, 카미나리가 이이다에게 두 손을 모으며 사과했다.

"그러니까 미안! 목욕탕에서 이상한 분위기 만들어서—."

"어휴~, 이런 건 이이다한테만 특별히 해주는 거야! 평소에 늘 반장으로서 이것저것 다 해주니까 그 답례로!"

씨익, 하고 웃는 세로. 키리시마가 아쉬운 듯 머리를 긁적이며 말했다.

"에잇, 바쿠고도 같이 있으면 좋을 텐데. 졸리다며 방으로 돌아가 버렸어."

이이다는 아까 마주친 바쿠고를 떠올렸다. 그때 분명, 아이들은 다 같이 장식을 하는 중이었을 것이다. 거기서 자신이 불쑥 나가버렸다면 틀림없이 수포로 돌아갔을 것이다.

'바쿠고가 그걸 배려하며 그런 짓을…?'

"아냐…."

좀 더 다른 표현방식도 있을 텐데…라고 생각하면서도, 이이다는 바쿠고의 새로운 일면을 알게 된 것 같아 슬며시 미소를 지었다. 그때 이즈쿠와 토도로키도 말을 걸었다.

"식당에서 토도로키가 말할 뻔했잖아. 내가 얼마나 당황했다고―."

"…나도 당황했어."

"그때는 나도 너희 둘한테 놀랐어. 그것 때문에 좀 이상하다, 싶었지."

이이다가 그렇게 말하자 이즈쿠가 미안한 표정을 지었다.

"…미안해. 아까는 사실대로 말하지 못해서."

그렇게 사과하면서, "그래도"라고 말했다.

"그런 것 절대 아니라고 한 말은 사실이었잖아?"

이이다는 이즈쿠의 미소를 보고, 아이들을 빙 둘러보았다. 서프라이즈가 성공해서 다들 왁자지껄 신나 있었다. 자신을 위해서 온종일 안절부절못했던 것인가, 라고 생각하니 따뜻한 기분이 가슴 가득히 차올랐다.

"야, 빨리 메인을 불러줘!"

그 목소리에 뒤를 돌아보니 사토가 부엌에서 얼굴만 쏙 내밀고 있었다. 그제야 다들 "앗"하고 생각난 듯 야오요로즈의 구호에 맞춰서 생일 축하송을 부르기 시작했다.

노랫소리에 맞춰서 사토가 케이크를 이이다 앞으로 들고 왔다. 선명한 주황색 케이크 위에는 불이 켜진 양초가 꽂혀있고, 초콜릿으로 '생일 축하해! 늘 고마워, 반장. A반 일동'이라고 적힌 팻말이 얹어져 있었다.

MY HERO ACADEMIA
나의 히어로 아카데미아

"가리는 것도, 알레르기도 없어 천만다행이야. 100퍼센트 오렌지 주스를 듬뿍 사용한 특제 오렌지 케이크 이이다 스페셜이야."

"…이렇게 훌륭한 걸…. 고마워."

감격하는 이이다에게 오챠코와 츠유가 재촉하듯이 말했다.

"이이다, 빨리 촛불 꺼야지!"

"촛불 불어서 끌 때 마음속으로 소원 비는 거야, 이이다."

"소원…."

빨리빨리, 라는 아이들의 재촉에 이이다는 좋아, 라며 숨을 후읍 들이마셨다.

"난 앞으로도 A반 반장으로서 열심히 노력할 생각이다!"

그리고 후욱—하고 힘차게 촛불을 불어 껐다.

"마음속으로 빌어야지, 이이다."

"그건 소원이 아니라 선언 아니야?"

고개를 갸웃거리는 급우들에게 이이다는 웃으며 가슴을 활짝 폈다.

"괜찮아! 그러니까 앞으로도 잘 부탁한다, 얘들아!"

쾌활한 이이다의 모습에 이즈쿠 일행도 기쁜 듯이 웃었다.

그런 친구들을 바라보면서 이이다도 기쁘고 자랑스러운 기분이 들었다. 그리고, 이따가 엄마한테 연락해야겠다고 마음먹었다.

이번에는 틀림없이 자신 있게 말할 수 있을 것이다. 기숙사 생활은 날마다 다양한 일들이 벌어지고 있지만, 많은 동료들과 함께 즐겁고 성실하게 유익한 시간을 보내고 있다고.

Part. 6

나는 토끼로소이다

나의 주인 코지가 문을 제대로 닫지 않은 것은, 어제 내가 밤중에 방안을 뛰어다녔기 때문이다. 그 때문에 늘 아침에 일찍 일어나는 코지가 늦잠을 잤다. 그래서 허둥지둥 방에서 뛰쳐나간 것이다.

약간의 죄책감은 있다. 그러나 본능은 거스를 수 없다. 그것이 동물이라는 존재다.

내 이름은 유와이. 코지가 키우고 있는 토끼다. 코지에게는 늘 유와이짱이라고 불리고 있다.

나이는 인간으로 따지면 서른 살 정도라고 한다. 흔히들 기름이 통통하게 오른 나이라고 일컬어지는 시기다. 서른이 넘은 남자에게 유와이짱이라는 호칭은 좀 아니라고 보지만, 코지가 열심히 지어준 이름이니 어쩔 수 없다. 그것을 받아들이는 것이 반려동물로서의 첫걸음이다.

나와 코지의 첫 만남은 진부하게 펫샵에서였다.

새하얀 몸에 동그란 눈동자. 용모에는 자신이 있었지만 타이밍이 안 좋았던 것인지, 나는 팔리지 않고 남아버렸다. 다른 녀석들은 속속 기쁜 얼굴로 입양가고 있는데, 나는 선택받지 못했다. 그 낙담은 이루 말로 표현할 수 없었다. 내 마음은 갈기갈기 상처 입었다. 그러나 나는 포기하지 않았다.

안 팔리고 남아있는 동안, 똑같이 남아있던 다른 동료들과 펫샵에 병설되어있는 동물병원을 찾아오는 반려동물 선배들을 통해 인간에 대해 공부하며 입양 갈 날을 대비했다.

그리고 드디어 가격이 인하되었을 무렵, 코지가 열심히 모은 용돈으로 날 사준 것이다. 그 은혜는 평생 잊지 않을 것이다.

하지만 반려동물에게도 자존심은 있다. 제 아무리 주인이라 해도 이쪽의 사정도, 감정도 아랑곳하지 않고 갑자기 포옹을 강요하는 작자였다면 나도 거침없이 결사항전 하려고 마음먹었는데, 코지는 그러지 않았다. 우선은 내 감정을 최우선적으로 생각하고, 천천히 거리를 좁히려 노력해주었다. 그래서 나는 코지를 주인으로 인정하기로 했다.

좀 뜻밖이었던 것은 입양 온 뒤로 알게 된 코지의 '개성'이었다. 생물 보이스라고, 자신의 의사를 목소리에 실어 동물을 조종할 수 있는 것이었다. 그러나 코지가 그 '개성'을 나에게 사용하는 일은 거의 없다. 사용하는 것은 내가 배탈이 나서 약을 먹어야 되는데 먹으려 하지 않을 때처럼, 정말로 불가피한 경우 정도다. 일단 나를 존중해주는 코지는 이상적인 수인이라는 사실을 금세 알 수 있었다.

주인과 반려동물은 신뢰관계로 맺어져 있어야 한다. 그래서 나도 코지를 존중한다.

내가 가장 활동적으로 변하는 것은 밤이었지만, 가급적 코지의 생활시간에 맞춰주려고 대낮형으로 바꾸었다. 코지는 다정한 성격이라 내가 깨어있으면 같이 깨버리기 때문이다.

그런 내가 왜 어제만은 유독 밤에 소란을 피웠느냐 하면, 찬스를 만들기 위해서다.

그렇다, 새로운 건물을 탐색할 찬스 말이다.

갑작스러운 이사로 당초에는 좀 당황했다. 그러나 이것도 반려동물의 숙명. 주인이 사는 곳이 보금자리가 되는 것은 당연한 일이다. 나를 본가에 남겨두자는 이야기도 나왔지만, 코지는 같이 데려와 주었다. 반려동물로서 이보다 더 행복한 일은 없을 것이다.

그러나 나는 알고 있다. 코지는 새로운 환경에서 과연 잘 지낼 수 있을지 불안한 마음이 가득했던 것이다. 그래서 내가 필요했던 것이다.

코지는 착하고 내성적인 성격이라 친구도 그리 많지 않았다. 그만큼 나를 친구로서 대해주었다.

말하자면 나에게 코지는 주인인 동시에 친구이기도 한 것이다. 그리고 토끼로서 코지의 나이를 추월해버린 지금은, 걱정이 끊이지 않는 남동생 같기도 하다.

그런 코지와 함께 살게 된 이 건물 안을 자세히 파악해둬야겠다고 생각하는 것은 당연한 일 아닌가? 그리고 자신의 영역을 확인하는 것은 동물로서 당연한 권리이기도 하다. 그래서 나 스스로 찬스를 만들어낸 것이다.

이미 다른 인간들은 학교에 나가 아무도 없을 것이다.

나는 그렇게 생각하면서도 신중을 기해 살며시 문을 빠져나갔다. 창문으로 햇살이 쏟아져 들어오는 눈부신 복도로 나갔다. 소음 하나 없고, 그 누구의 인기척도 없다. 됐다. 나는 안심하고 복도를 이 구석, 저 구석 냄새 맡으며 이동했다. 그리고 창문을 통해 중정을 내려다보았다. 아래쪽에 흐릿하게 보이는 녹색은 파릇파릇한 잔디다. 코지와 1층에 내려갔을 때 확인했다.

나는 입속에 퍼지는 군침을 삼켰다. 방에서 꼭 빠져나오고 싶었던 이유 중 하나는 저 잔디다. 중정으로 나가 실컷 들판을 달리고, 그리고 배가 팽팽해질 때까지 잔디를 먹고 싶었다. 할 수만 있다면 구멍도 파보고 싶다. 동물이란 본래 자연 속에서 생활하는 존재다. 반려동물이라 해도 가끔은 자연을 만끽하지 않으면 숨이 막힌다.

저 중정을 실컷 만끽하는 망상을 하다 보니, 더 이상 참을 수가 없었다.

어서 1층으로 내려가 어떻게 해야 중정으로 나갈 수 있는지 확인해야겠다.

오늘 아침처럼 누군가가 현관문을 활짝 열어놓았기를 바라면서 엘리베이터로 향했다.

건물 구조는 막연하기는 해도 대충 파악하고 있었다. 코지가 방 밖으로 여러 번 데리고 나가주었고, 며칠 전 정전 소동 때도 빠져나갔기 때문이다.

나는 점프해서 엘리베이터의 버튼을 눌렀다. 이미 여러 번 본 적이 있어서 사용법도 알고 있었다. 버튼을 누르는 것만으로 다른 층에 갈 수 있다니, 편리한 탈거리다. 잠시 후 문이 열려서 올라탔다. 그리고 또 다시 점프해서 1층 버튼을 눌렀다. 몸속이 붕 뜨는 듯한 기묘한 느낌을 꾹 참다 보니 점점 소란스러운 소리가 들려왔다. 그리고 문이 열린 순간.

위이이이잉! 위이이이잉!

뭐지, 이 소리는?!

일순 패닉에 빠질 뻔했으나 이 귀한 찬스를 놓쳐선 안 된다고 버티며 엘리베이터 밖으로 나왔다. 물건 뒤에 몸을 숨기고 있었으나, 소리가 그칠 기미는 보이지 않았다. 조금 망설였지만 소리의 정체를 확인하지 않고선 중정으로 나가기는 어려울 것 같았다.

나는 이 물건 뒤에서 저 물건 뒤로 몸을 샤샤샥 숨겨가면서 소리를 향해 다가갔다.

그나저나 고막이 찢어질 것처럼 불쾌한 소리다. 이것은…청소기인가? 코지의 집에서도 날마다 어머니가 돌리셨다. 시끄러워서 너무 싫었지만, 방을 청결하게 유지해주는 기계라서 이불 속으로 파고들어 참고 인내했다. 그런데 지금은 이불이 없었다.

인내하던 중, 소리가 두 개라는 사실을 깨달았다. 저렇게 시끄러운 물건이 두 개씩이나…라며 분노가 치밀 뻔했는데 순간 헉, 하고 숨을 삼켰다. 소리가 두 개라는 것은 청소기가 두 개라는 뜻이다. 그것은 곧, 적어도 두 명의 인간이 있다는 뜻이다.

인내심을 발휘하며 다가가 모퉁이 기둥 뒤에서 엿본다. 그러자 소파 등이 놓여있는 카펫 근처에서 한 사람, 거기서 조금 떨어진 데서 또 한 사람이 청소기를 돌리고 있었다.

커다란 눈망울에 복슬복슬한 머리를 한 녀석과 예리한 눈빛에 뾰족뾰족한 머리를 한 녀석이다. 분명 미도리야라는 녀석과 바쿠고라는 녀석이다.

나는 어젯밤, 3층 복도에서 코지와 함께 있던, 같은 층에 사는 카미나리와 이이다와 오지로가, 이 두 사람에 대해 하던 이야기를 떠올렸다.

"그런데 괜찮을까? 걔네 둘만 기숙사에 남아있어도."

그렇게 말한 것은 항상 가벼운 태도의 카미나리였다. 코지와 달리 개방적인 성격인지, 다른 인간들에게도 말을 자주 걸었다.

"또 싸울까 봐 걱정돼서? 카미나리. 그런 거라면 설마 하니 걔들도 질렸겠지. 이렇게 근신 처분까지 받았는데."

그렇게 대답한 것은 안경을 낀 이이다. 성실한 성격이라 그런지 우리 코지도 자주 신경 써준다. 반장으로서 학급을 잘 통솔하고 있는 것 같다.

"뭐, 오늘은 괜찮았던 것 같지만."

그렇게 말한 것은 오지로. 코지처럼 내성적인 성격도 아니고, 개방적인 성격도 아니고, 딱 알맞은 거리감을 유지하고 있는 녀석이다. 훌륭한 꼬리를 갖고 있는 것을 보면, 분명 심성도 훌륭할 것이다. 저 꼬리는 한 번쯤 확인 차원에서 냄새를 맡아두고 싶다.

"그거야, 아직은 첫날이니 그런 거겠지. 앞으로 이틀이나 같이 있어야 되잖아? 또 싸움 날 가능성은 크지 않나? 야, 코다 너도 그렇게 생각지 않아?"

"으, 으응…."

그래그래, 카미나리는 코지에게 말을 걸어주었지. 코지도 좀 더 적극적으로 대화에 끼어도 좋을 것 같은데, 워낙에 그런 성격이니 어쩔 수 없다. …그보다 그런 이야기를 들었는데도 미도리야와 바쿠고가 남아있다는 사실을 까맣게 잊고 있었다. 마음만 조급했나 보다.

아무튼 미도리야와 바쿠고는 한밤중에 기숙사를 빠져나가 싸움을 벌여 근신처분을 받았다고 한다. 두 사람은 소꿉친구인데, 아무래도 사이가 별로인 것 같다.

나 개인적으로는, 남자라면 그 정도 장난은 쳐도 된다고 본다. 우리 코지에겐 싸움의 ㅅ자도 없어서, 막상 그런 일이 벌어졌을 때 일방적으로 당하지나 않을까 심히 걱정이다. 토끼

수컷들 간의 싸움은 사느냐, 죽느냐다. 아직은 한 번도 해본 적이 없지만 그 각오만은 이미 되어있다.

그러나 인간 수컷들 간의 싸움은 일단 시작되고 나면 어떻게 해야 될까?

다른 인간은 지금, 아무도 없다. 말리는 사람이 없으면 역시 인간의 싸움도 생사를 건 승부가 되어버릴지 모른다. 만약 어느 한쪽이 죽어버릴 경우, 산토끼라면 죽음을 받아들이고 자연으로 돌아가면 그만이지만, 인간의 경우는 사건으로 번진다. 그렇게 될 경우, 우리 코지도 사건에 휘말릴 가능성도 있다. 그것은 곤란하다―.

"앗."

응?

고개를 들다가 바쿠고와 눈이 딱 마주쳤다. 아뿔싸, 어느 새 청소기 소리가 멎어있었다.

"왜 이런 곳에…."

"캇짱, 무슨 일…앗! 유와이짱!"

미도리야에게도 들켰다. 큰일이다. 어떻게 해야 되지…?

"유와이짜앙~?"

명백히 무시하는 듯한 표정과 음성으로 그렇게 말하는 바쿠고에게, 미도리야는 황급히 변명을 늘어놓았다.

"얘 이름이야."

"하! 그딴 것보다, 저건 그 바위 녀석의 반려동물이잖아."

"어떻게 된 거지? 코다가 문 닫는다는 걸 깜빡했나? 아무튼 잡아야 해…. 유와이짜~앙…."

그렇게 말하면서 미도리야가 살며시 다가온다. 나는 일정 거리를 유지했다.

"괜찮으니까 이리 온~."

잡힐 거라는 것을 뻔히 알고 있는데 가까이 다가갈 만큼 바보는 아니다. 나는 더더욱 거리를 넓혔다.

"야, 그냥 내버려둬. 어차피 밖으로는 못 나가니까."

"그럴 순 없지. 코다가 그랬는데, 토끼는 뼈가 약하대. 잠시 한 눈 판 사이에 다치기라도 하면…."

"그거야 문 닫는 걸 깜빡한 얼간이의 책임이지."

그 말에 나는 움찔, 하고 반응했다. 아니야, 내가 닫는 것을 깜빡하게 만든 거야. 코지를 얼간이라고 부르지 마. 나는 바쿠고에게 항의의 뜻을 담아 뒷발로 바닥을 탕, 하고 걷어찼다.

"뭐야?"

"화났나…?"

의아한 듯 눈살을 찌푸리는 바쿠고와, 고개를 갸웃거리는 미도리야. 정답이다, 미도리야.

"건방진 토끼네."

애송이에게 그딴 소리 들을 이유는 없다. 나는 바쿠고에게 다시 한 번 발을 탕, 하고 내리쳤다. 짜증난 듯 눈살을 찌푸리는 바쿠고에게 난감한 듯 미도리야가 말했다.

"아무튼 잡는 게 좋겠어. 근신 중에 무슨 일이라도 생기면 아이자와 선생님한테 또 혼날 거야…."

"…칫. 쓸데없는 일감만 늘려놓고…."

그렇게 말하더니 바쿠고는 뛰기 시작해 단숨에 거리를 좁혀왔다. 나는 황급히 달아났다.

예상을 초월한 나의 스피드에, 바쿠고가 뒤에서 "엇?"하고 놀란 듯한 목소리를 냈다. 탈토(脫兎)라는 말이 괜히 있는 것이 아니란다. 토끼의 발을 깔보지 마라. 바쿠고의 리액션에 나는 기분이 좋아져서 그 울상을 구경해주려고 돌아보았다. 그런데 그것이 실수였다.

"잠깐만, 캇짱?!"

"하! 느려."

바쿠고는 손바닥 위에서 폭발을 일으켜 엄청난 스피드로 날

MY HERO ACADEMIA
나의 히어로 아카데미아

아왔다. 뭐야, 이 녀석?

이런 '개성'이었나? 갑작스러운 사태에 나는 우뚝, 하고 몸이 굳어버렸다. 솔직히 말해 쫄았다. 바쿠고의 폭파 냄새와 소리에 본능적인 공포를 느낀 것이다. 이 녀석에게선 포식자의 냄새가 난다. 이 녀석에게만은 잡히면 위험하다.

"앗?"

그런데 불행 중 다행. 갑자기 멈춰선 것이 정답이었다. 힘이 남아돌아 바쿠고는 나를 추월해버린 것이다. 지금이다. 나는 무조건 바쿠고로부터 달아나기 위해 냅다 뛰기 시작했다.

"야, 거기 서, 인마."

"캇짱, 폭파는 안 된다니까! 그러다 얘 다쳐!"

"시끄러! 안 다쳐!"

"게다가 토끼는 스트레스에 약하대! 고작 하루, 밥 못 먹는 것만으로도 죽어버릴 수 있다고 했어!!"

"…성가신 생물이구만…!!"

인간을 포함해서 생물이란 대부분 다 성가신 존재잖아! 살아가려면 숨을 들이마시고 토하고, 밥 먹고 배설하고, 자고 일어나지 않으면 안 되니까. 나는 필사적으로 도망치면서 마음속으로 반론했다. 그때, 눈앞에 무언가가 나타났다.

쿵! 파사삭, 털썩! 뭐, 뭐지?! 뭔가에 부딪쳤다! 윽, 냄새!

"앗! 저 빌어먹을 토끼, 너 이 자식, 애써 모아둔 쓰레기를 어질러놓다니!!"

시끄러! 이런 곳에 쓰레기를 놔둔 놈이 잘못한 거지!

"캇짱, 제발 진정해…."

"시끄러! 아까부터 이래라저래라 명령만 하지 마!"

두 사람이 말다툼을 벌이고 있는 동안, 나는 엘리베이터에 뛰어올라 무조건 버튼을 향해 점프했다.

잠시 후, 어딘가 다른 층에 도착했다. 코지의 냄새가 안 나는 것을 보니 3층은 아닌 것 같았다.

아무튼 어딘가에 몸을 숨겨야 한다. 나는 필사적으로 등을 쭉 펴고 일어나 냄새를 맡아 정보를 수집했다. 그러자 어떤 방향에서 독특한 냄새가 피어올랐다. 대량의 종이 냄새인가. 냄새를 따라가 보니 어떤 방문이 살짝 열려있었다.

앗싸. 나는 그 방안으로 슬며시 들어갔다. 비좁게 빽빽이 쌓여있는 것은 아무래도 잡지인 듯했다. 벽에도 수많은 포스터들이 붙어있었다.

이곳이라면 잡지 틈새에 몸을 숨길 수 있을 것이다. 당분간 여기에 가만히 있자. 나는 벌떡 일어나 귀를 기울였다. 그 두 사람이 이쪽을 향해 오는 듯한 소리는 나지 않았다. 분명 어질러진 쓰레기라도 모으고 있나 보다.

방 안쪽에 있는 잡지 틈새에 몸을 숨겼다. 커튼이 닫혀있어서 어두컴컴해, 간신히 심리적 안정을 되찾았다.

그래, 우선은 몸에 배인 냄새와 오물을 털어내자. 나는 열심히 털을 고르면서 아까 본 바쿠고를 떠올렸다.

포식자의 냄새. 포악하고 입도 거칠다. 그런 난폭한 놈과 같은 건물에서 살아가야 되다니.

나는 맹렬한 불안감에 휩싸였다. 그 놈은 분명 토끼의 귀를 잡아서 들어올릴 놈이다. 우리의 귀는 신경이 집중되어있는 중요한 기관이다. 그곳을 잡는 것은 토끼를 사냥감으로밖에 보지 않는 헌터뿐이다.

우리 순한 코지와 죽이 맞을 리 없다. 절대로 맞지 않는다. 그뿐만이라면 그나마 다행이다. 마음에 안 들면 손찌검하는 일도 능히 상상할 수 있다.

나는 털 고르기에도 정성을 쏟을 수 없어, 그 자리에 가만히 웅크리고 앉았다.

내가 과연 코지를 지켜줄 수 있을까? 지금도 바짝 쫄아서 심장이 아플 정도로 펄떡펄떡 뛰고 있는데.

그때, 엘리베이터 문이 열리는 소리가 났다.

"그럼 난 5층부터 둘러보고 올게."

"시끄러, 얼른 가."

엘리베이터는 또 다시 닫히고 위쪽으로 올라간 모양이다. "쳇"하고 혀를 차면서 다가오는 발소리. 틀림없다, 바쿠고다.

나는 공포로 움직일 수 없게 되었다. 그런데도 바쿠고는 점점 가까이 다가왔고, 그리고 끝내 이 방의 문이 열려있다는 사실을 깨달았다.

"이 놈이나 저 놈이나, 전부 얼간이구만…."

바쿠고는 난폭하게 문을 열고 성큼성큼 방으로 들어왔다. 내 심장이 쪼그라들었다.

바쿠고는 분명 당장이라도 나를 찾아내서 거침없이 귀를 잡아들고 의기양양한 표정을 지을 것이다.

그러나 바쿠고는 방을 둘러보더니 여전히 멈춰 있었다.

"~~~으, 그 자식은 이 방과 함께 죽어야 해…!!"

분노를 쏟아내는 바쿠고는 벌레라도 보는 듯한 눈빛이었다.

확실히 이 방에 있는 포스터는 죄다 벌거벗은 여자들이고, 잡지도 알몸이나 다름없는 여자가 표지를 장식한 것들이었다. 그러나 한창 때의 남자가 성적인 것에 관심을 갖는 것은 당연한 일. 그것도 본능이다. 그러나 바쿠고의 반응으로 미루어, 아무래도 이 방은 비정상적일 정도로 그런 물건이 넘쳐나는 방인 모양이다.

나는 헉, 하고 숨을 삼켰다. 바쿠고의 허를 찌른다면 기회는 지금이다! 나는 뜻을 굳히고, 잡지 틈새에서 갑자기 점프하며 튀어나갔다.

"우앗?! 앗, 거기 서, 인마…. 우앗!"

우수수. 켜켜이 쌓인 잡지들이 눈사태를 일으키고 바쿠고가 거기에 발이 걸려 넘어졌다. 나는 엘리베이터의 버튼을 누르고 뛰어올랐다.

"캇짱? 유와이짱 찾았어?"

"알 게 뭐야!"

밑에서 무슨 소리가 들려온 것 같아 3층을 둘러보고 있던 이즈쿠가 2층으로 내려오자, 바쿠고는 미네타의 방에서 분노에 찬 표정으로 성큼성큼 나오는 길이었다.

아무래도 놓친 모양이군, 이라고 눈치 챈 이즈쿠. 그리고 그 낌새를 감지한 바쿠고는 아무 말도 하지 않는 이즈쿠를 "아앙?"하고 위협했다.

이에 쓴웃음을 짓는 이즈쿠였으나, "그래도 야단났네"라며 이내 표정이 어두워졌다.

"이래 갖고선 청소가 영영 안 끝나겠어. 아직 한참 남아있는데."

그 말에는 바쿠고도 동의하는 것인지 험악한 표정으로 입을 꾹 다물었다. 잠시 후, 입가를 슬쩍 끌어올리며 말했다.

"이렇게 된 이상, 그 방법을 써먹야지."

그 뒤로 시간이 얼마나 흐른 것일까? 나는 줄곧 1층 귀퉁이의 기둥 뒤에서 가만히 숨을 죽이고 있었다. 할 수만 있다면 언제까지고 숨어있고 싶었지만 그럴 수도 없다는 것을 알고 있었다. 쫓기고 있는 나와 잡으려 드는 그 놈들. 죽든가, 죽이든가, 둘 중 하나다.

계층구조는 어디에나 존재한다. 그리고 나는 틀림없이 하층이다. 그런 내가 바쿠고 같은 인간과 싸워서 이길 수 없다는 것도 알고 있었다. 그래도 최소한 반격 한 방은 날려주고 싶었다. 코지가 돌아올 때까지 잡히지만 않으면 나의 승리다. 그러면 나는 코지를 바쿠고로부터 지켜줄 수 있을 것 같다….

그런데 그때, 어마어마하게 감미로운 냄새가 감돌기 시작했다.

—이건…바나나다!!

바나나다! 바나나다! 바나나는 어디 있지?! 나의 머리는 그 즉시 바나나에 지배당했다. 그 부드러운 과일은 한 번 먹고 나면 누구나 포로가 되어버린다. 바나나! 바나나! 바나나만 얽히면 나는 이성을 상실하고 만다. 코지 몫의 바나나까지 먹어치운 적도 한두 번이 아니다. 어쩔 수 없다. 이것은 나의 본능이니까. 바나나가 너무 맛있어서 그런 거다! 아아, 바나나! 바나나—!!

나의 발은 멋대로 바나나 냄새를 따라갔다. 이제 한 시라도 빨리 바나나를!! 바나나는 어휘력마저 잃게 해서, 바나나!! 바나나!! 바나나! 바나나! 바나나! 바나나! 바나나!

냄새는 점점, 바나나! 가깝다, 바나나…!

!! 찾았다, 바나나!!

나는 바나나를 덥석 깨물었다. 사르르 녹아내릴 것 같은 맛에 힘이 쑥 빠져나간 직후, 나는 덥석, 하고 몸을 제압당했다.

"사람 애 먹이고 있어, 이 빌어먹을 토끼가…."

눈앞에는 씨익, 하고 우쭐거리는 표정을 짓고 있는 바쿠고가 있었다. 그 옆에서 미도리야도 "휴우—, 다행이다~"라며 안도한 듯 웃고 있었다.

—이럴 수가. 나는 바나나에 낚여서 붙잡히고 만 것이다.

나는 두 사람을 쏘아보았다. 바나나를 미끼로 이용하다니, 이런 교활한 짓을…! ……아니, 틀렸다. 승부는 승부다. 나는 진 것이다. 바나나와 이 녀석들에게…. 나에겐 코지를 지켜줄 자격이 없다….

"…응? 유와이짱, 어째 얌전하네…? 혹시 몸 상태라도 안 좋은 것 아냐…?!"

"…아앙?"

우당퉁탕 허둥대는 듯한 발소리에 나는 서둘러 문 앞으로 달려갔다.

"유, 유와이짱…."

코지! 어서 와! 몇 시간 만이구나! 나는 기뻐서 점프로 맞이했다. 그러나 코지는 걱정스러운 듯 나를 안아들더니 얼굴을 빤히 쳐다보고 몸도 구석구석 조사하듯이 더듬거렸다. 온몸을 체크하더니 그제야 안심한 듯 휴우, 하고 한숨을 토했다.

"괜찮아? 유와이짱…."

문 밖에는 미도리야와 바쿠고가 있었다. 코지는 나를 안은 채로 두 사람에게 돌아서며 고개를 끄덕끄덕거렸다.

"다행이다~, 아까는 기운이 좀 없는 것 같아서."

"야! 똑바로 관리해."

칵 토하듯이 말하고서 가버리는 바쿠고를 보고, 코지는 시무룩해졌다. 분명 자신이 문 닫는 것을 깜빡한 탓이라며 풀이 죽은 것이다. 미안해, 코지. 사실은 나 때문이야. 코지가 속상해할 필요는 없어.

"유와이짱은 머리가 좋더라. 엘리베이터도 탈 줄 알고. 깜짝 놀랐어."

풀죽은 코지를 배려하듯이, 그러나 진심으로 놀란 듯이 말하는 미도리야. 코지도 아주 조금 기쁜 듯이 고개를 끄덕였다.

"아참참, 지금부터 각 방의 쓰레기를 모을 거니까 문 밖에다 내놔."

그렇게 말하며 떠나가는 미도리야와 바통 터치하듯이 카미나리와 오지로가 찾아왔다. 그 두 사람에게도 쓰레기를 내놓으라고 하고 미도리야는 엘리베이터에 올라탔다. 카미나리가 유쾌한 듯 웃으면서 나를 쳐다보았다.

"오오—, 유와이짱, 탈주했다면서? 제법인데?"

"무심결에 방문 닫는 걸 깜빡하게 된다니까."

나도 조심해야겠다, 라며 고개를 끄덕이는 오지로. 나는 그의 꼬리가 궁금해서 몸을 불쑥 내밀었지만 코지가 걱정하는 눈치라 얌전히 있기로 했다. 더 이상 걱정 끼쳤다간 분명 코지 쪽이 스트레스로 몸 상태가 망가질지도 모르니까.

"그런데 상상하면 좀 웃기지 않냐—?"

재미있어 하는 표정으로 카미나리가 오지로에게 물었다.

"뭐가?"

"생각해 봐, 그 둘이 토끼랑 술래잡기를 하다니. 혹시 계속 티격태격하면서 술래잡기 한 것 아냐?"

오지로도 상상한 것인지, "아—…, 그럴 수도 있겠다"라며 쓴웃음을 지었다. 코지는 원인이 자신이라고 생각하는 것인지 계속 위축되어있었다. 나는 그런 코지를 향해 말을 걸었다.

괜찮아, 코지. 그 녀석들, 그렇게까지 사이가 나쁘진 않았어. 날 잡은 후에도 내 상태가 나빠진 것은 아닌지 걱정해주었어. 물론 바쿠고의 입은 험했지만. 그리고 이건 좀 의외였는데, 바쿠고…그 녀석, 내 귀를 잡지 않았어. 의외로 부드럽게 날 안아주더라.

우리 동물들은 본능적으로 알 수 있다. 가령, 냄새만으로 알 때도 있고, 손길을 타야 비로소 알게 될 때도 있다. 자신에게 그 녀석이 좋은 녀석인지 나쁜 녀석인지. 아무리 겉모습만 좋게 꾸며도, 아무리 친절하게 대해줘도, 나쁜 녀석은 나쁘다. 그 반대로, 아무리 겉모습이 못됐어도, 아무리 태도가 까칠해도, 착한 녀석은 착하다. 뭐, 바쿠고에 관해선 착한 녀석이라는 표현이 좀 과할 수도 있지만, 나쁜 녀석이 아니라는 것만은 확실하다. …지금이니 하는 말이지만, 나, 그때 경계하는 척했지만 코지는 첫눈에 보고 바로 알아봤다. 굉장히 착한 녀석이라는 것을.

아무튼 바쿠고는 나를 제대로 안아들고, 둘이서 코지의 방으로 데리고 와주었다. 아까 그 바나나를 내주고 정신없이 먹는 나를 보며 안도했다.

"이만큼 게걸스럽게 먹는 걸 보면 괜찮겠지."

"응."

그렇게 말하더니, 미도리야가 문득 생각난 듯 계속 말했다.

"옛날에 길고양이 잡으려고 건멸치를 미끼로 써먹었을 때는 실패했는데, 이번에는 성공했네?"

그리운 듯 웃는 미도리야를 보며 바쿠고는 "쳇"하고 쌀쌀맞게 굴었지만, 똑같이 그리워하는 느낌이 들었다. 뒤로 돌아있어서 어떤 표정을 짓고 있었는지는 모르겠지만, 소위 동물의 감이랄까?

비 온 뒤 땅 굳는다는 말이 있지? 분명 정면으로 싸워 부딪치고 조금은 허물을 벗은 것 아닐까? 뭐, 아직은 굳지 않아 흐물흐물 질퍽거리는 상태겠지만.

그리고, 미도리야는 청소하는 틈틈이 내 상태를 종종 들여다보러 왔다. 미도리야는 참 다정한 녀석이다. 바쿠고도 딱 한 번 왔었다.

그러니까 코지. 걱정하지 않아도 괜찮아. 내가 지켜주지 않아도 이곳은 분명 안전할 테니까. 코지는 안심하고 학교에서 많이 공부하고 와. 멋진 히어로가 되려면 많이많이 공부해야 되잖아. 나는 네가 돌아오기를 방에서 기다리고 있을 테니까.

"응? 유와이짱이 코를 엄청 뿡뿡대고 있어."

"뿡뿡 우는 게 너무 귀엽다."

젠장. 누군가 빨리 인간과 동물의 제대로 된 번역기 좀 만들어다오. 맥이 풀린 나에게 코지가 말했다.

"유와이짱, 혹시 밖에 나가고 싶어…?"

틀렸지만, 틀린 건 아니야! 역시 나의 코지!

"중정이라면 풀어줘도 괜찮지 않을까?"

말 한 번 잘했다, 오지로! 코지는 그 즉시 나를 1층으로 데려가 주었다.

1층에는 모두의 쓰레기를 모으고 있는 미도리야와 바쿠고가 있었다. 그 옆에 있던 미네타가 바쿠고를 놀리고 있었다.

"청소가 아주 틀이 잡혔구만요! 이제 청소부 넘버원을 목표로 삼는 게 좋지 않을까?!"

"네놈의 방은 통째로 불태워 청소해주마!!"

돌아온 아시도와 우라라카가 나를 보더니 기쁜 듯이 다가왔다. 이 녀석들은 걸핏하면 나를 만져대지만, 나도 이제 결사항전 할 정도로 어린애는 아니다. 나쁜 녀석들은 아니니까 기꺼이 감내한다.

"와아—, 폭신폭신 힐링 된다~."

"아, 혹시 중정에서 놀게 해주려고? 좋겠네!"

그래, 코지! 얼른얼른!

코지는 그토록 염원하던 중정의 문을 열어주었다. 상쾌한 풀냄새를 한껏 들이마신다.

그 뒤에서 현관문이 열리고 또 다시 누군가가 돌아왔다.

"다녀왔습니다!"

그 목소리에 여러 명이 "어서 와"라고 대답했다. 나도 마음속으로 어서 와, 라고 말했다.

앞으로 함께 살아갈, 새로운 가족들에게.

Another
U.A. QUEST

그 옛날, 세계는 마왕에게 지배당하고 있었다. 인간은 오랫동안 박해받고, 분연히 일어설 기력조차 빼앗기고, 마왕의 뜻대로 계속 착취당하고 있었다.

그러나 그 오랜 절망의 나날에 종지부를 찍은 것은 용기를 쥐어짜서 분기한 인간들이었다. 어느덧, 그런 인간들은 용사라 불리며 그 뜻이 계승되었고, 그리고 결국 위대한 용사 올마이트가 마왕을 쓰러뜨리며 세상에 평화를 가져왔다.

용사들은 사람들이 동경하는 존재가 되었다. 시골에 사는 소년 이즈쿠도 당연히 용사 올마이트를 열광적으로 동경하는 이들 중 하나였다.

"엄마! 나, 잠깐 올마이트 밑에 제자로 입문하고 올게!"

"뭐엇?! 몸 조심해야 돼!"

의기양양하게 떠나는 이즈쿠를 보고 깜짝 놀라면서도 손을 흔들어 배웅해주는 엄마. 평소 아들의 열광적인 태도를 익히 알고 있던 모친은, 말려봤자 소용없다는 사실을 알고 있었기 때문이다.

이즈쿠는 어제 숲을 산책하고 있을 때 올마이트 인형을 주웠다. 그런데 그 날 밤, 꿈에 올마이트가 나와서 이렇게 말한 것이다.

—소년! 너는 용사가 될 수 있다!!

그 말을 듣고 의욕이 수직 상승한 이즈쿠는 이렇게 올마이트를 만나러 가기로 한 것이다.

룰루랄라 올마이트가 있는 마을로 이어지는 길을 걷고 있던 이즈쿠는 눈 깜짝할 사이에 길을 잃고 말았다. 사실, 마을을 떠나보긴 처음이기 때문이다.

갈팡질팡 곤란해 하고 있는데, 그 모습을 보다 못한 것인지 곱상하게 생긴 소녀 오챠코와 갑옷을 입은 소년 텐야가 말을 걸어왔다. 이즈쿠가 올마이트를 만나러 간다는 사실을 알더니, 두 사람은 표정이 어두워졌다.

"올마이트는 행방불명이래."

"뭐어엇? 도대체 무슨 소리야?!"

토아루[일본어로 '어떤'이라는 뜻] 지방에서 용사들이 잇달아 자취를 감추고 있다는데, 그 중에 올마이트도 포함되어있다고 한다. 대대로 기사 집안 출신인 텐야는 그것을 조사하러, 마법사 오챠코는 텐야의 집안에 고용되어 그를 따라가는 길이라고 했다. 이즈쿠는 두 사람과 함께 가기로 했다.

그런데 토아루 지방은 멀었다. 세 사람의 식량은 어느 새 바닥이 나고 말았다.
"이상하다…? 식량은 충분히 넉넉하게 들고 왔는데…."
"앗, 미안해! 내가 밥을 나눠 먹는 바람에."
"아니야, 만약의 사태를 대비해 여유롭게 가져왔으니, 분명 괜찮았어야 맞아…. 응? 오챠코, 어째 뺨이 오동통해진 것 같다?"
"…미안해! 마법을 쓰면 배가 고파서 그만!!"
"오, 그래, 마법으로 식량을 내놓으면 되잖아?"
"…그런 걸 내놓을 수 있다면, 지금 이렇게 고용 마법사 따윌 하고 있겠니?"
오챠코의 집안 사정은 여러 모로 절박한 듯했다. 삐딱선을 탄 오챠코에게 이즈쿠는 "아, 왠지 미안"이라고 사과했다.
그러나 배가 고프면 힘도 나지 않는다. 세 사람은 터벅터벅 걷고 있다가, 탐스러운 열매가 맺힌 나무를 발견했다. 이런 때는 자연의 은혜에 기대보자, 라며 세 사람은 과일을 따먹었다.
"오오, 이건 맛있는데!"
"쫄깃쫄깃하고, 콩가루와 흑밀(黑蜜)[흑설탕을 녹인 액체] 맛이 나!"
"싸구려 녹차랑 같이 먹고 싶다! 엄마랑 아빠한테도 먹여주고 싶어!"

세 사람이 그 열매를 만끽하고 있는데, 화염 문양의 갑옷을 입은 경비대가 찾아와 소리쳤다.

"엔데버 님의 갈분떡 열매를 먹은 자가 네놈들이냐?!"

"갈분떡 열매를 먹은 자는 사형이다!"

""""에에엑?!""""

황급히 달아나는 세 사람. 그러나 경비대는 끈질기게 쫓아왔다. 결국 절벽에 내몰리고 말았다. 절체절명. 그런데 그때, 경비대 뒤쪽에서 한 소년이 나타났다.

"그 세 사람한테서 손을 떼라."

"쇼토 님! 아무리 자녀분이라 해도 그런 횡포는 용납되지 않습니다!"

"시끄러, 어서 꺼져."

경비대가 떠나자, 세 사람은 소년에게 고맙다고 인사했다. 그러자 소년은 씁쓸하게 툭 내뱉듯이 말했다.

"딱히 너희를 구해준 게 아니다. 빌어먹을 아버지에 대한 시위 행위지."

쇼토는 이 땅을 다스리는 악명 높은 영주 엔데버의 아들이라고 했다. 그 나무는 이 지방에만 있는 귀한 갈분떡 나무인데, 엔데버가 무척 좋아하는 것이라고 한다.

"그 빌어먹을 아버지가 그딴 나무를 애지중지하는 바람에,

어머니는 오만정이 다 떨어져 떠나버렸어. 그렇게 소중하면 그 나무랑 결혼이라도 하던가…. 나한테도 후계자로서 갈분떡 나무를 늘려야 된다고 지껄이질 않나…. 그 작자 뜻대로 되게 놔둘 줄 알고?"

악담을 토하는 쇼토는 마치 부모의 원수 이야기라도 하는 듯한 표정이었다. 친부모인데. 이즈쿠 일행은 그가 왠지 딱해졌다.

"…저기, 우린 지금 올마이트와 사라진 용사들을 찾으러 갈 건데, 혹시 괜찮으면 같이—."

"갈래."

엔데버로부터 벗어날 수만 있다면, 하고 그 자리에서 결단을 내리는 쇼토였다. 이리하여 네 사람으로 늘어난 여로는 계속되었다.

네 사람은 분명 토아루 지방으로 향하고 있었는데 어느 새 미아가 되고 말았다. 주위는 온통 바위투성이고, 지금 당장이라도 분화할 것 같은 화산 기슭이었다.

"오챠코! 마법으로 어떻게 좀 안 될까?!"

"지금 해볼게. 메—라메라메라메라~멘, 화염의 정령이여, 길을 보여다오~."

그렇게 말하며 오챠코는 들고 있던 지팡이를 탁 놓았다. 그리고 지팡이 끝이 가리킨 방향을 손가락질하며 말했다.
"이쪽이래!"
"그게 마법이야?"
쇼토가 고개를 갸웃거렸으나 일단 네 사람은 지팡이가 가리킨 방향으로 향했다. 그러자 갑자기 화염이 앞길을 가로막았다.
"누구냐! 이 카츠키 님의 거처에 들어온 겁대가리 상실자들은?!"
불을 뿜는 붉은 드래곤 위에서 그렇게 위협해온 것은, 모피가 달린 망토를 벌거벗은 상반신에 두른, 성질 있게 생긴 소년 카츠키였다.
"여길 지나가고 싶으면 이 몸을 쓰러뜨리고 가라!"
"드래곤을 거느리고 있다니…, 안 되겠어! 돌아가자!"
"돌아가겠다고?!"
그러자 소년은 드래곤에게 신호해, 돌아가려는 이즈쿠 일행 앞을 또 다시 가로막았다. 그리고 "이 몸을 쓰러뜨리고 가라!" 라며 호전적으로 웃으며 도발했다.
"기어이 싸우고 싶은 모양이군."
경계태세를 취하는 쇼토 옆에서, 그때까지 계속 뭔가 마음에 걸리는 듯 카츠키를 빤히 쳐다보고 있던 이즈쿠가 헉, 하고 숨을 삼켰다.

"혹시…옛날에 옆집에 살던 캇짱?!"

"아앙? …너, 데쿠냐?!"

"와아아, 반갑다! 아줌마랑 아저씨는 잘 지내셔?"

"둘이서 잘 먹고 잘 살고 있지! 빌어먹을!"

이즈쿠와 카츠키는 옛날에 한 동네에서 산 적이 있다고 한다. 텐야는 휴우, 하고 안심했다.

"그럼 이즈쿠의 소꿉친구니까 길을 양보해줄 수 있겠지?"

"누가 양보한대? 데쿠! 마침 좋은 기회다. 네놈은 언젠가 때려눕혀야겠다고 생각했어!"

"무슨 그런, 왜? 캇짱…!"

"너 이 자식, 본인이 한 짓을 잊었다는 소리는 하지 마…!"

분노에 떠는 카츠키 앞에서 이즈쿠는 "으~음?"하고 기억을 떠올리듯이 고개를 갸웃거렸다.

"혹시 캇짱이 자다가 오줌 싼 걸 내 탓으로 돌리려던 걸 캇짱네 엄마한테 폭로한 것? 아니면, 동굴에 탐험하러 갔을 때, 겁나서 다리 풀려버린 걸 본 것? 아니면, 이사 갈 때 준 보물, 실수로 떨어트려 박살 낸 것?"

"전부 다야, 이 망할 놈아!!! 이 녀석과 맞짱 대결이다! 아무도 끼어들지 마!!"

불이라도 뿜을 기세로 노기충천한 카츠키. 두 사람의 대결이 시작되었다.

"소꿉친구도 여러 종류가 있구나…."

드래곤이 불을 뿜으며 말 그대로 뜨겁게 응원하고 있는 옆에서, 오챠코 일행도 조마조마한 마음으로 지켜보았다. 중간에 화산이 분화했으나 그것도 모를 정도로 이즈쿠와 카츠키는 전력을 다해 싸웠다. 그리고 결과는 근소한 차이로 해묵은 원한이 폭발한 카츠키에게 승리의 여신이 미소를 지어주었다.

"하! 나의 승리로구만!"

카츠키는 억울해하는 이즈쿠를 의기양양한 표정으로 내려다보더니, 오챠코 일행에게 말했다.

"이로써 네놈들은 나의 노예다!"

"뭐엇?! 그런 말은 한 마디도 안 했잖아!"

"이긴 사람이 먼저 말한 게 장땡이야, 동글이!"

텐야가 난처한 듯이 말했다.

"물론 이 대결은 너의 승리야. 하지만, 우린 토아루 지방에 올마이트를, 용사들을 찾으러 가지 않으면 안 돼…!"

"아앙? 무슨 소리야?"

여차저차하고 텐야가 간결하게 일이 돌아가는 상황에 대해 설명했다. 그 말을 들은 카츠키는 잠시 생각에 잠기더니, 단호하게 말했다.

"나도 갈래. 용사들이 사라졌다면 어지간히도 강한 놈이 있다는 뜻일 테니. 난 그 놈과 싸워서 이길 거야!"

"에에엑?!"

"아니, 가는 건 상관없지만, 이 드래곤도 같이 가는 건 좀…."

그러자 그 이야기를 듣고 있던 드래곤이 포옹, 하고 소년의 모습으로 변신했다.

또 다시 "에에엑~?!"하고 놀라는 이즈쿠 일행에게 빨강머리 소년이 씨익, 하고 웃었다.

"난 드래곤과 인간의 혼혈인 에이지로라고 해. 이런 모습이라면 문제없겠지? 앞으로 잘 부탁해!"

패기 넘치는 상큼한 에이지로도 맞짱 대결에서 지고 카츠키의 노예가 되었다고 한다. 이리하여 여섯 명이 된 여로는 계속되었다.

여섯 명은 마수(魔獸)의 위협 속에서 생사를 건 노숙을 반복하며 간신히 토아루 지방의 한 마을에 도착할 수 있었다. 예전에는 번창해 있었을 마을이 완전히 황폐해져서 사람도 얼마 없었다.

"야, 적은 어디 있어?! 적이 없잖아!"

“으~음…. 우선 정보를 수집하지 않고선 움직이려야 움직일 수도 없겠네.”

정보 수집이라면 응당 사람들이 모여드는 가게가 제격이라는 이유로, 마을에서 딱 한 곳 운영하고 있는 식당 겸 여관 ‘춤추는 올챙이 식당’을 찾아갔다. 귀여운 개구리 얼굴을 한 소녀가 여섯 명을 맞이했다.

“어서 와. 이렇게 손님이 많이 찾아와주긴 오랜만이야. 난 츠유라고 불러줘.”

식당에 있는 손님은, 샤프한 눈초리의 소녀와 검은 후드를 뒤집어쓴 꼬질꼬질한 남자가 따로따로 앉아있는 것이 전부였다. 텐야 일행은 곧바로 사라진 용사에 대해 뭔가 아는 것이 없느냐고 물어보았으나 츠유는 곤란한 듯 고개를 저었다. 이 마을에 찾아왔던 용사들은 어느 새 모두 사라져버렸다고 한다.

“…….”

그런 이야기를 샤프한 눈초리의 소녀가 가만히 듣고 있었다.

“아무튼 이 땅에서 용사들이 사라지고 있다는 것만은 확실해. 이 지역을 조사해보자.”

“그럼 우선 밥부터 먹자!”

여섯 명은 오랜만에 먹는 식당 요리를 만끽했다. 하나같이 다 맛있어서, 전원 몇 번이나 추가시켜 배가 잔뜩 불렀다.

"잘 먹었어, 츠유. 너무나 맛있었어! 계산 좀 부탁해."

"총 3만 토아루야."

자루에서 돈을 꺼내려던 텐야의 손이 멈칫, 하고 멈추었다. 그리고 덜덜 떨기 시작했다.

"왜 그래? 텐야!"

"돈이 없어…! 자루 밑바닥이 터져있었나 봐…."

"에에엑?! 지갑 끈도, 자루 밑바닥도 단단히 동여맸어야지!!"

"얘들아, 미안하지만 돈 좀 꿔주라!"

그렇게 말하는 텐야를 보고 모두의 얼굴이 샥, 하고 어두워졌다.

"어? 난 500토아루밖에 없는데."

"난 현물주의자야!"

"미안해! 나도 드래곤이라서."

"고용주의 지갑이 곧 나의 지갑이지."

최후의 희망, 영주의 아들 쇼토에게 모두의 시선이 쏠렸으나….

"미안해, 그대로 곧장 따라와 버리는 바람에 지갑을 안 가져왔어."

희망이 끊기자 맥이 탁 풀리는 일행. 그 뒤통수에 눈도 깜빡이지 않는 츠유의 시선이 날아와 꽂혔다.

"돈이 될 만한 물건…. 오, 그래!"

카츠키가 이즈쿠의 가방에서 올마이트 인형을 꺼냈다.

"이 올마이트 인형을 팔자! 조금은 돈이 되겠지."

"뭐엇?! 절대 안 돼! 내놔!!"

이즈쿠는 전에 없이 단호하게 잘라 말하며, 카츠키로부터 올마이트 인형을 도로 빼앗았다.

"이 인형은 나에게 용기를 준단 말이야! 이 인형을 주운 날부터 올마이트가 꿈에 나타나서 이렇게 말해줘. 너라면 반드시 용사가 될 수 있다. 강한 마음과 용기를 가진 너라면—이라고."

그리고 애지중지 인형을 가방에 집어넣었다. 이즈쿠에게 이것은 단순한 인형이 아니라 이제는 자신의 일부처럼 소중한 존재였다.

"야, 인마. 그런 소리나 할 때가 아니잖아!" "이것만은 절대로 안 돼!!"라며 카츠키와 이즈쿠가 말다툼을 벌이고 있는 동안, 꼬질꼬질하게 생긴 남자가 "잘 먹었소"라며 대금을 놓고 나갔다. 샤프한 눈초리의 소녀가 그 남자를 물끄러미 배웅하며 무언가를 생각하던 바로 그때, 밖에서 큰 울음소리가 났다.

"뭐야?!"

황급히 밖으로 나가보니 붉은 눈을 번쩍이는 거대한 짐승 수

십 마리가 가게를 빙 에워싸고 있었다. 보통 짐승이 아니라 등에 검은 날개가 돋아나 있었다.

"이건…마수?! 그런데 왜?"

위기를 앞에 두고도 의문을 제기하며 고개를 갸웃거리는 이즈쿠에게 쇼토가 말했다.

"이즈쿠, 생각은 나중에 해."

마수가 일제히 이즈쿠 일행에게 달려들었다. 그러나, 생사를 건 거듭된 노숙생활로 완벽하게 단련된 여섯 명은 눈 깜짝할 사이에 마수들을 처치했다. "하! 이런 놈들이 적?! 한참 부족해!"라며 포효하는 카츠키를 에이지로가 "워~워~"라며 달랬다.

"저기, 마수는 먹을 수 있을까…?"

"아서, 배탈 날지도 몰라, 오챠코."

같이 참전하려 했던 샤프한 눈초리의 소녀가 "너희들, 대단하구나…"라며 어안이 벙벙해했다.

츠유는 마수를 처치해준 답례로 밥값을 공짜로 처리해줬을 뿐만 아니라, 오늘밤 숙소까지 제공해주었다. 간만에 목욕도 하고, 여섯 명은 청결한 침대에서 편히 쉬었다.

샤프한 눈초리의 소녀는 쿄카라는 이름이었고, 며칠 전부터 혼자 여기서 묵고 있다고 했다. 그녀를 자신들의 방으로 불러다 오챠코는 쿄카를 상대로 신나게 떠들고 있었다. 간만에 여자들끼리 수다를 떨고 싶은 것이다.

"무슨 일하고 있어? 나는 고용 마법사야!"

"나도 고용된 처지나 마찬가지지…?"

그러나 아까부터 쿄카는 말꼬리를 흐리면서 확실하게 대답해 주지 않았다.

"그렇구나—. 고용된 처지는 힘들지! 그런데 어떤 고용?"

"아니, 그건…."

"혹시 국가에 고용된 첩보부원이라던가—."

"어? 어떻게 알았어?!"

오챠코의 어림짐작에 크게 동요하는 쿄카. 놀랍게도 그녀는 진짜 국왕 직속의 첩보부대 일원이었다. 국왕도 이 사태에 위기를 느끼고 지방에 첩보부대를 보내 정보를 수집하고 있다고 한다. 목적이 같은 이즈쿠 일행에게 쿄카가 설명하기 시작했다.

"난 용사들이 사라진 게 마왕 탓이 아닐까, 라고 생각하고 있어."

"마왕?! 분명 올마이트가 쓰러뜨렸잖아."

깜짝 놀라는 텐야에게 쿄카는 냉정하게 계속 말했다.

"지하 깊숙이 파묻어뒀던 주검이 어느 새 사라지고 없더래."

"이럴 수가…."

"아까 나타난 마수들이 결정적인 증거네…."

아연실색한 오챠코를 보며 침통한 표정으로 중얼거리는 이즈쿠.

"자신이 지배하는 데에 방해되는 용사들을 은밀히 제거하고 있는 게 아닌가, 라고 나는 예상하고 있어. 그리고 용사들이 사라지고 있는 것은 여기뿐만이 아니야. 지금은 남아있는 용사를 찾아내는 게 더 어려워."

이즈쿠 일행은 침을 삼켰다. 용사가 없는 지금, 마왕에게 공격당하면….

마왕의 지배로부터 해방된 이후의 평화로운 시대에 태어난 이즈쿠 일행이었으나, 그가 얼마나 무서운지는 잠자리에서 익히 들어 잘 알고 있었다. 또 다시 그런 시대가 돌아오는 것인가, 라고 생각하니 일동은 무거운 분위기에 휩싸였다.

그때 문이 열리고, 아까 가게에 있던 꼬질꼬질한 남자가 찾아왔다.

"…밖에 있는 마수들을 해치운 게 너희들이냐?"

그 수상한 풍모에 반사적으로 경계태세를 취하는 텐야 일행에게 남자는 후드를 벗어 얼굴을 내보였다. 그 얼굴을 본 이즈쿠는 헉, 하고 놀랐다.

"아무렇게나 기른 머리에 막 자란 수염과 눈가의 흉터, 그리고 목에 두른 붕대…, 혹시 용사 아이자와?!"

"어? 누구?"라며 어리둥절해하는 일동에게 이즈쿠는 흥분한 듯 말했다.

"모습을 거의 드러내지 않아서 사실은 없는 것 아닌가, 라는 소문까지 났을 정도로 보기 드문 용사야! 와아아, 이런 데서 본인을 만나다니!"

흥분하는 이즈쿠에게 아이자와는 씨익, 하고 웃었다.

아이자와가 말하길, 마왕이 부활했음을 깨닫고 은밀하게 그의 아지트를 찾고 있었다고 한다.

"마왕의 아지트는 알아냈다. 이미 여기까지 마왕의 힘이 미치기 시작했다면, 한시도 지체할 새가 없어. 난 혼자서 쳐들어갈 거다. 첩보부원, 넌 국왕에게 이 사태를 전해다오. 남은 너희들은 각자 주위 나라에 알려서 협조를 구해주지 않겠니?"

아이자와가 그렇게 말하자 이즈쿠 일행은 분연히 일어섰다. 그 중에서도 특히나 카츠키는 의욕탱천이었다.

"마왕 따윈 내가 쓰러뜨려 주지!"

"우린 우리의 역할을 다해야 해! 자, 다들. 오늘밤 내로 떠나자!"

텐야의 목소리에 모두 일제히 일어섰다. 그런데 곧바로 가게를 떠나려 하는 이즈쿠를 아이자와가 붙잡았다.
"올마이트 인형 좀 빌려다오. 단서가 될지도 몰라."
"! 그, 그런 거라면 저한테 맡기세요! 올마이트에 대한 거라면 스리사이즈부터 좋아하는 야쿠 삼나무 있는 곳까지 알고 있으니까!"
눈을 반짝이며 거친 콧김을 내뿜는 이즈쿠를 아이자와는 말없이 내려다보았으나, 이내 작은 한숨을 내쉬며 말했다.
"…알았다. 그럼 넌 같이 가자꾸나."
숲 쪽으로 향하는 두 사람의 뒷모습을 보며 쿄카는 눈살을 찌푸렸다.

"용사 아이자와는 올마이트와 함께 싸워본 적이 있나요?! 진짜 올마이트는 어떻게 생겼나요?! 역시 화풍이 다른가요?!"
아이자와와 올마이트의 무용담을 들으며 이즈쿠는 크게 흥분했다. 그런 이즈쿠를 아이자와는 무기력한 눈빛으로 내려다보았다. 그가 질려버린 줄 알고 이즈쿠는 "앗, 죄송합니다!"라며 황급히 가방에서 올마이트 인형을 꺼내 달빛에 비춰보며 물끄러미 관찰했다.
"인형이죠…. 하지만 특이한 점은 딱히 없는 것 같은데…. 으~음."

"…그야 당연하지."

"네?"

희미하게 웃는 아이자와의 목소리에 이즈쿠는 위화감을 느꼈다. 그러나 올려다본 아이자와에게 특별한 변화는 없었다.

"그것 좀 빌려다오."

"아, 네에…"라며 인형을 넘겨주려던 그때, 이즈쿠의 머릿속에서 힘찬 목소리가 울려 퍼졌다.

—날 넘겨주면 안 돼, 소년!!

"어…?"

"왜 그래? 자, 얼른."

"하, 하지만…."

머릿속에 울려 퍼진 목소리와, 손을 내밀며 다그치는 아이자와 사이에서 망설이는 이즈쿠. 아이자와의 무기력한 눈이 스윽, 하고 싸늘한 실눈으로 변했다.

"…어른을 너무 놀리면 안 되지. 이래봬도 쓸데없는 살생은 싫어하는 편이라고. 기껏 평온하게 끝내주려고 했건만…. 그것 내놔."

"히익!"

아이자와의 눈이 붉게 빛나는 것을 보고 이즈쿠는 부리나케 달아나기 시작했다. 그 순간, 아이자와의 붕대가 생물처럼 쭉 뻗어와 이즈쿠를 붙잡고 뿌드득 조여 왔다.
“왜 도망가? 난 네가 동경하는 용사잖아?”
“그랬…었죠…. 그런데 뭔가….”
“자, 인형을 넘겨주실까?”
“시, 싫어…! 앗!”
아이자와는 붕대 틈새로 인형을 꺼내갔다. 그 만족스러운 태도에 이즈쿠는 생각에 잠겼다.
“왜 그 인형을 그렇게…. 헉, 혹시 용사 아이자와도 올마이트의 팬인가요? 그럼 그렇다고 빨리 말씀해 주실 것이지!”
“틀렸어.”
불쾌한 듯 얼굴을 찡그리며 아이자와는 이즈쿠를 빤히 내려다보았다.
“꿈속에서 올마이트가 용사가 될 수 있다고 말해줬다고 했지? 예비 용사로군…. 그렇다면 지금 이 자리에서 밟아놓을까—?”
“큭…!”
붕대가 뿌드득, 하고 이즈쿠를 옥죄였다. 그런데 그때, 화염이 그것을 저지했다.
“괜찮아?! 이즈쿠!”
“애들아!!”

텐야 일행이 허둥지둥 달려온 것이다. 츠유도 있고, 에이지로는 드래곤으로 변신해 있었다. 이즈쿠는 간신히 모두의 곁으로 달려갔다.

"너희들, 보고하러 가지 않았어?"

성가신 듯 머리를 벅벅 긁는 아이자와에게 쿄카가 말했다.

"계속 이상하다고 생각했지. 분명 용사 아이자와는 한 번 사라졌었는데…. 그건 결국 당신이 다른 사람일 가능성도 있다는 뜻이잖아?"

"안됐지만 본인이야. 단…마족으로서 새로 태어나 돌아온 거지…!"

아이자와가 그렇게 말하자 주위에서 일일이 셀 수 없을 만큼 많은 마수와 마인들이 나타나 텐야 일행을 포위했다.

"그대로 순순히 보고하러 갔더라면 그냥 놔줬을 텐데…. 하지만 어차피 싸울 거라면 한꺼번에 끝내는 게 좋겠지. 합리적으로."

씨익, 하고 웃는 아이자와가 거대한 마족으로 변화되었다. 그 모습은 드래곤인 에이지로보다 훨씬 컸다. 여덟 명은 경악하면서도 강대한 적을 상대로 척, 하고 경계태세를 취했다.

"타아아아앗!!"

"큭!"

"하앗!!"

텐야, 쇼토, 이즈쿠가 검을 휘둘러 적들을 속속 쓰러뜨려 나갔다. 그 옆에서 카츠키가 적을 해치워 던지고, 또 해치워 던지며 외쳤다.

"덤벼!!"

에이지로는 화염과 그 거대한 몸으로 적의 숫자를 단숨에 줄여놓고, 쿄카는 가벼운 몸놀림으로 단검을 사용하고, 츠유는 쭉 뻗어 나오는 혀로 적을 붕붕 집어던졌다. 놀라는 오챠코.

"츠유, 네 혀 대단하구나?!"

"응, 옛날에 잠시 서커스단에 있었거든. 우리 일족의 특수 기능이야."

"나도 질 순 없지!"

오챠코는 배가 불러서 에너지가 꽉 찬 것인지, 정령의 힘을 풀로 가동시켜 적을 단숨에 줄여놓기 시작했다.

그리고 눈 깜짝할 사이에 마수와 마인들을 쓰러뜨리고 남은 것은 아이자와뿐이었다.

"너희의 힘을 얕잡아본 모양이구나. 일단 물어나 보겠는데, 우리 쪽에 붙을 생각은?"

"없습니다!!"

"있을 턱이 있냐!!"

단칼에 쳐내는 이즈쿠 일행을 향해 아이자와는 훗, 하고 웃더니 기다란 손톱을 도발하듯 까딱까딱 움직였다.

"그렇겠지. 그럼 한꺼번에 덤벼라."

"으아아아아아아!!"

이즈쿠 일행은 일제히 아이자와에게 달려들었다. 그러나 아이자와의 몸에 상처 하나 입히지 못하고 그 거대한 체구에 어울리지 않는 민첩한 공격에 반격을 당했다. 그래도 포기하지 않고 몇 번이고 공격을 시도했으나, 결과는 마찬가지였다.

"왜들 그러시나? 벌써 끝인가?"

"큭…."

따분해하는 그의 목소리에 반론도 할 수 없을 만큼 이즈쿠 일행의 체력은 바닥을 쳤고, 더 이상 일어설 수조차 없었다.

"그렇다면 후딱 끝내주지."

아이자와는 무덤덤하게 그렇게 중얼거리더니 이즈쿠 일행에게 다가왔다. 짓밟아버릴 요량인 것이다. 아이자와가 커다란 발을 번쩍 들어 올리는데도 이즈쿠 일행은 움직일 수가 없었다. 그런데 발로 짓밟기 직전, 아이자와는 갑자기 멈춰 섰다.

"아참참, 저승 가는 선물로 가르쳐주지. 내가 올마이트의 팬이라고 오해 산 채로 넘어가는 건 싫으니까. …이 인형은 마왕의 저주로 인형으로 변한 올마이트 본인이야. 그런데 새가 장난으로 물고 가버리는 바람에, 내가 그걸 찾아다닌 거지."

그 말을 들은 이즈쿠의 뇌리에 의문의 목소리…올마이트의 목소리가 또 다시 울려 퍼졌다.

—소년! 나와 똑같이 평화를 사랑하는 마음을 가진 너라면, 나는 너와 한 몸이 될 수 있다…!

"올마이트…!"

다음 순간, 이즈쿠의 몸에 올마이트의 어마어마한 힘이 흘러 들어왔다.

"자, 이번에야말로 끝이다…, 큭…?!"

지르밟으려던 아이자와의 발밑에서 간발의 차이로 이즈쿠가 빠져나왔다. 다들 무슨 일인가, 하고 깜짝 놀랐다. 검을 치켜든 이즈쿠에게서 아지랑이처럼 일렁이는 오라가 나타났다. 그 모습은 위대한 용사 올마이트였다.

"끝내게 놔둘 순 없지…. 평화로운 세계를 지킬 거야…!!"

"뭐…라고…?!"

"으아아아아아아아!!"

이즈쿠는 올마이트의 힘이 깃든 팔로 검을 내리쳤다.

"크…아아악!!"

검에 맞고 쓰러지는 아이자와. 그 거대한 몸이 순식간에 작아지고 원래의 아이자와의 모습으로 돌아갔다. 올마이트의 힘은 또 다시 인형 속으로 돌아갔다.

"아아아, 올마이트! 설마 이런 모습으로 만나게 될 줄은 꿈에도 몰랐어요!"

인형을 황급히 애지중지 주워들고 흥분해서 떠들기 시작하는 이즈쿠에게 올마이트는 머릿속으로 말을 걸었다.

—그보다 소년, 아이자와의 상태 좀 들여다봐다오. 마왕에게 저주받아 저렇게 된 것뿐이니까.

"아, 맞다!"

머뭇머뭇 아이자와에게 다가가는 이즈쿠 일행. 아이자와는 눈을 번쩍 떴다.

"응? 뭐야, 너희들은?"

이전의 기억이 사라져버린 아이자와에게 일이 돌아가는 상황을 설명해주자 아이자와는 "미안하다"라며 사과했다.

아이자와와 올마이트의 말에 의하면, 역시 용사들은 마왕에게 저주를 받아 기억을 잃고, 강제로 마족이 되었다고 한다. 그리고, 저주를 풀고 그들을 원래대로 돌려놓으려면 마왕을 쓰러뜨리지 않으면 안 된다고 한다.

"말하자면, 앞으로는 마족으로 돌변한 용사들이 적으로서 찾아올지도 모른다는 뜻이로군요…?"

텐야가 심각하게 중얼거렸다. 세계의 위기는 이제부터 시작인 셈이다. 그런데 카츠키가 하! 하고 억척스러운 웃음소리를 냈다.
“잘됐네! 강한 놈이 아니면 쓰러뜨릴 마음도 안 생기니까!”
“네가 가겠다면 나도 갈게! 게다가 이 세계의 위기는 모른 척 할 수 없지!”
“당연히 나도 가겠어! 오챠코 너도 따라와 줘!”
“응! 지불은 나중에 다시 의논하는 걸로!”
“당연히 나도 가야지! 올마이트의 저주를 풀어야 되니까! 쇼토는….”
“갈래. 빌어먹을 아버지 곁으로는 안 돌아가.”
“나도. 정보가 모일 것 같으니까.”
“나도 갈게. 세상이 평화롭지 않으면 어차피 가게도 망할 테니까.”
기염을 토하는 이즈쿠 일행에게 아이자와가 말했다.
“너희들, 가는 건 좋은데 마왕이 어디에 있는지는 알고 있는 거야?”
“아.”
비로소 깨달은 이즈쿠 일행을 보며 아이자와는 기가 찬 듯 한숨을 내쉬었다.
“애들끼리 가면 위험하니까. 날 따라오렴.”

듬직한 인솔자가 생기자 “신난다”하고 기뻐하는 이즈쿠 일행.

“왠지 학교 선생님이 된 기분이로군….”

기분이 썩 나쁘지는 않은 듯 그렇게 중얼거리는 아이자와. 이즈쿠는 두근두근 설레는 마음으로 인형 올마이트에게 말을 걸었다.

“저주가 풀리면, 저어…제자로 삼아주세요!”

—무슨 소리야? 소년. 넌 이미 진즉에 내 제자인데. 다시 한 번, 앞으로 잘 부탁한다!

머릿속에 울려 퍼지는 목소리에 이즈쿠는 만면에 미소를 지었다.

“네, 네엣, 올마이트! 저, 열심히 노력할게요!! 저주가 풀리면 사인해주세요!”

이리하여 열 명으로 늘어난 여행 일행. 마왕을 쓰러뜨리는 그날은 머지 않았…을지도 모른다.

MY HERO ACADEMIA 나의 히어로 아카데미아 유에이 백서

2018년 7월 30일 제1판 제1쇄 발행
2021년 4월 30일 제1판 제2쇄 발행

저자 | Kohei Horikoshi, Anri Yoshi
번역 | 오경화

발행인 | 오태엽
편집인 | 이수춘
편집담당 | 오진범
표지 디자인 | Design Plus
라이츠사업팀 | 이은선, 조은지, 이선
출판영업팀 | 안영배, 경주현, 김정훈
제작담당 | 박석주

발행처 | (주)서울미디어코믹스
등록일 | 2018년 3월 12일
등록번호 | 제 2018-000021
주소 | 서울특별시 용산구 새창로 221-19
전화 | (02)799-9317(편집), (02)791-0752(마케팅)
FAX | (02)799-9334(편집)

인쇄처 | 코리아 피앤피